MADEMOISELLE CHRISTINA

MIRCEA ELIADE

Mademoiselle Christina

ROMAN TRADUIT DU ROUMAIN PAR CLAUDE LEVENSON

L'HERNE

Titre original :

DOMNIŞOARA CHRISTINA

ISBN : 978-2-253-07352-9 – 1re publication LGF

AVANT-PROPOS DE L'AUTEUR

C'est grâce à Constantin Tacou que ce vieux livre, Domnişoara Christina, *écrit en 1935, paraît aujourd'hui en français, dans l'excellente traduction de Claude Levenson.*

Mademoiselle Christina *n'est pas caractéristique de l'ensemble de mon œuvre fantastique. Cependant, la raison invoquée par Constantin Tacou pour l'éditer m'a paru convaincante : le sujet serait susceptible d'intéresser les lecteurs.* Mademoiselle Christina, *c'est, en effet, l'histoire d'amour d'une jeune femme, morte depuis plus de vingt ans, et devenue vampire. Dans ce qui fut mon premier écrit de ce genre, j'ai voulu reprendre un thème folklorique roumain qui, vers 1880, avait tenté également le grand poète Eminesco.*

Par la suite, tout en continuant, consciemment ou inconsciemment, à puiser dans le folklore, j'ai fait appel à d'autres techniques narratives. Déjà dans Sarpele *(« Le Serpent »), écrit et publié en 1936, la narration se développe sur plusieurs plans, afin de dévoiler progressivement le « fantastique » dissimulé sous la banalité quotidienne. Tous mes écrits fantastiques en prose reflètent depuis lors mes efforts pour améliorer et préciser cette même méthode narrative : des personnages plus ou moins médiocres, livrés à leurs préoccupations quotidiennes, découvrent à un certain moment qu'ils sont entraînés dans un monde à la fois étrange et familier où il leur arrive des aventures insolites et incompréhensibles. Malheureusement, une grande partie de cette production est encore inédite en français. (Je rappelle quelques traductions :* Minuit à Serampore, *1955,* Le Vieil Homme et l'Officier, *1977, et la nouvelle* Le Macranthrope, *1976.)*

On pourrait dire que cette technique reflète en quelque sorte la dialectique du sacré : c'est le propre de ce que j'ai appelé hiérophante, que le sacré y soit à la fois manifesté et dissimulé dans le profane. Pour ne citer qu'un exemple, un arbre sacré *qui, pour les fidèles de la religion considérée, incarne le* sacré, *reste pour tous les autres simplement un* arbre *d'une certaine espèce. La même dialectique : profane-sacré-profane, explique ce que j'ai appelé le « caractère non reconnaissable du miracle », à savoir qu'un miracle n'est évident que pour ceux qui sont préparés, par leur propre expérience et leur propre culture religieuses, à le reconnaître comme tel. Pour tous les autres, le « miracle » n'est pas évident, il est donc inexistant ; en effet il reste dissimulé dans les objets et dans les événements quotidiens.*

Je tiens cependant à préciser que je n'ai jamais écrit un texte littéraire avec l'intention d'exploiter mes connaissances d'historien des religions ou d'illustrer mes idées sur la dialectique du sacré. Si l'on découvre une certaine correspondance entre mes ouvrages scientifiques et mon œuvre littéraire, c'est qu'il n'existe pas de véritable solution de continuité entre le règne diurne de l'esprit et son règne nocturne.

Ce n'est pas ici le lieu d'élaborer ces quelques considérations préliminaires. J'ai voulu rappeler brièvement le principe qui gouverne les Univers imaginaires de mes récits fantastiques, et ainsi situer ce récit de jeunesse, Domnişoara Christina, *dans l'ensemble de ma production littéraire.*

Mircea Eliade
Janvier 1978

1

Avant d'atteindre la salle à manger, Sanda l'arrêta en l'attrapant par le bras. C'était le premier geste familier qu'elle faisait depuis trois jours qu'ils se trouvaient ensemble à Z.

« Tu sais qu'un autre invité est arrivé, un professeur ? »

Egor regarda ses yeux dans la semi-obscurité de la pièce. Ils brillaient. Peut-être m'encourage-t-elle, se dit-il, et il s'approcha, cherchant à la prendre par la taille. Mais la jeune fille s'échappa et, en quelques pas, ouvrit la porte de la salle à manger. Egor arrangea sa tenue et demeura sur le seuil. Toujours la même lampe, avec son abat-jour blanc, aveuglant ; une lumière trop forte, artificielle, stridente. Le sourire de Mme Mosco paraissait maintenant plus fatigué. (Ce sourire qu'Egor s'était habitué à deviner avant même d'apercevoir son visage…)

« … Voici M. Egor Paschievici, le présenta solennellement Mme Mosco, en tendant mollement le bras vers la porte. Il a un nom bizarre, ajouta-t-elle, mais c'est un vrai Roumain… Il est peintre et nous fait l'honneur d'habiter chez nous… »

Egor s'inclina, essayant de dire quelques mots flatteurs. Mme Mosco retira son bras et le dirigea, avec une émotion accrue, vers le nouveau venu. Elle avait si rarement l'occasion de faire des présentations fleuries, solennelles…

« Monsieur le Professeur universitaire Nazarie, une gloire de la science roumaine », reprit-elle.

Egor se dirigea d'un pas décidé vers le professeur et lui serra la main.

« Je ne suis qu'un insignifiant assistant, chère Madame, murmura M. Nazarie en s'efforçant de retenir un instant son regard. Tellement insignifiant… »

Mais Mme Mosco s'était assise exténuée sur sa chaise. Le professeur demeura interloqué à côté d'elle, la phrase en suspens. Il avait peur de se retourner vers les autres ; peur de paraître ridicule ou offensé. Quelques instants, il ne sut que faire. Puis il se décida et s'installa sur la chaise à gauche de Mme Mosco.

« Cette chaise est occupée, lui murmura Simina. Je mange toujours à côté de maman… »

M. Nazarie se leva brusquement et se colla au mur. Egor et Sanda s'approchèrent de lui, en souriant avec gêne. Il ne fallait pas tenir compte des plaisanteries de Simina. C'était une petite fille capricieuse. Et puis, son plus grand plaisir, c'était d'être à table à côté de sa mère, même quand il y avait des invités.

« Elle n'a que neuf ans », ajouta Sanda.

Mme Mosco les regarda tout le temps en souriant, comme si elle voulait se faire pardonner de ne pas participer elle aussi à la discussion. Elle se doutait à quel point pouvait être intéressante pareille discussion – intéressante, savante, instructive –, mais elle était trop lasse pour la suivre. De toute évidence, Mme Mosco n'avait rien entendu, les sons étaient passés près de ses oreilles, sans résistance, sans trace.

Egor conduisit M. Nazarie au bout de la table, lui indiquant une chaise à côté de Sanda. Quelle curieuse et incompréhensible fatigue, songea le peintre en regardant une fois encore le visage de Mme Mosco.

« Je ne sais comment vous remercier, bredouilla le professeur en s'asseyant. Je me rends compte que j'ai offensé un enfant. Et cet enfant est comme un ange… »

Il tourna la tête et lança à Simina un regard très chaleureux. M. Nazarie était un homme encore assez jeune, il n'avait pas quarante ans, et son regard porté sur Simina tentait de traduire un amour à la fois protecteur et flatteur. Son visage propre et neutre, d'homme instruit, s'était éclairé à l'excès. Il souriait à Simina, la bouche jusqu'aux oreilles. Simina soutint son regard avec une assurance ironique, mordante. Elle le regarda au fond des yeux durant quelques instants, puis porta sa serviette à la bouche, effaça un très léger sourire et tourna lentement la tête vers sa mère.

« Vous êtes venu évidemment pour les fouilles », interrogea brusquement Egor.

Le professeur était encore intimidé et fut d'autant plus reconnaissant à Egor de lui fournir l'occasion de parler de son métier et de sa passion.

« Oui, cher Monsieur, répondit-il vivement, avalant de l'air. Comme je le disais déjà à Madame, nous avons repris cet été les fouilles de Balanoaia. C'est un nom qui ne vous dit peut-être pas grand-chose, mais la station protohistorique de Balanoaia a une certaine importance pour nous autres Roumains. On y a trouvé un *lébes* célèbre, une grande bassine ionienne dans laquelle, vous le savez, on apportait la viande aux festins… »

Le souvenir de ce *lébes*, qu'il avait examiné dans tous ses détails, fut une image revigorante pour M. Nazarie. Avec verve et une certaine mélancolie, il évoqua les festins d'alors. Ce n'était pas des festins barbares, grotesques.

« … C'est que, comme je le disais aussi à Madame, toute cette plaine du bas Danube, surtout ici, au nord de Giurgiu, a connu autrefois, vers le Vᵉ siècle avant le Christ, une florissante civilisation gréco-daco-scythe… »

Parler lui avait donné du courage. Il regarda vivement, avec insistance, Mme Mosco, mais ne rencontra que le même sourire éteint, le même visage inattentif.

« Balanoaia, *maman*. (Sanda attira son attention en criant presque par-dessus la table.) Monsieur le Professeur fait des fouilles archéologiques à Balanoaia… »

M. Nazarie fut de nouveau intimidé d'entendre son nom et de se retrouver subitement au centre de l'attention générale. Il tenta de se défendre d'un revers de main, d'excuser surtout la force de la voix de Sanda hélant sa mère. Mme Mosco sembla s'éveiller d'un engourdissement tressé de sommeil. Mais l'éveil était réel ; pendant quelques instants, elle retrouva sa fraîcheur d'expression, l'orgueil de son front pur et lisse.

« Balanoaia, dit-elle, un de nos ancêtres avait un domaine par là-bas.

— Et tantine Christina, déclara rapidement Simina.

— Elle aussi », confirma avec vivacité Mme Mosco.

Sanda fronça les sourcils en regardant sa petite sœur. Mais Simina baissa les yeux sur son assiette, humble et sage. Dans la puissante lumière de la lampe, ses boucles noires perdaient de leur force et de leur brillance, comme du vieil argent. Pourtant, quel front calme, quelle tête de poupée, s'étonna Egor. On ne pouvait détourner les yeux de son visage. Ses traits avaient une perfection précoce, une beauté stupéfiante. Egor sentit qu'à côté de lui, M. Nazarie la contemplait avec un ravissement égal.

« Nous ne sommes pas très bavards aujourd'hui, alors que nous sommes restés seuls », observa Sanda en s'adressant plutôt à Egor.

Le peintre comprit cette voix qui cherchait à l'attirer en le taquinant. Il s'arracha à la torpeur avec laquelle il regardait Simina et voulut commencer une anecdote galante, qu'il racontait toujours avec succès en famille. Nous sommes silencieux parce que nous sommes intelligents : comme mon ami Jean… aurait raconté Egor. Mais M. Nazarie commença avant lui :

« Vous avez probablement beaucoup d'invités, tout l'été, ici au domaine… »

Il parla quelques minutes d'affilée, d'une traite, comme s'il craignait de s'arrêter, comme si le silence pouvait l'engloutir. Il parla des fouilles, de la pauvreté du musée des Antiquités, de la beauté de ces plaines danubiennes. Egor jetait parfois un regard à la dérobée vers Mme Mosco. Elle écoutait comme fascinée, mais le peintre se rendait trop bien compte qu'elle n'entendait pas un traître mot. Sanda profita d'une pause de M. Nazarie pour dire bien haut :

« *Maman*, le rôti refroidit…

— Que de choses intéressantes nous raconte Monsieur le Professeur ! » murmura Mme Mosco.

Elle se mit ensuite à manger avec son appétit habituel, le front légèrement penché sur l'assiette, sans regarder personne.

D'ailleurs, elle était la seule à manger. Les autres avaient à peine touché le rôti. Affamé par le voyage, M. Nazarie n'avait pas réussi à manger plus de la moitié d'un morceau. La viande avait une odeur écœurante d'animal.

D'un geste bref, dominateur, Sanda appela la servante qui attendait sagement près de la porte.

« Je t'ai déjà dit de ne plus acheter de viande de mouton, articula-t-elle avec une colère rentrée.

— Je n'ai plus trouvé la moindre volaille, Demoiselle, se défendit la femme. Celles qui restaient, je les ai préparées hier et avant-hier. Celles qui ne sont pas mortes... Il y avait encore une oie, mais elle aussi, je l'ai trouvée morte ce matin.

— Pourquoi n'es-tu pas allée en acheter au village ? questionna Sanda, encore plus mécontente.

— Personne n'a rien voulu me vendre, répondit promptement la servante. Ils n'ont pas voulu, ou ils n'avaient plus rien », ajouta-t-elle, ambiguë.

Sanda rougit et fit signe à la femme de débarrasser les assiettes. Mme Mosco avait terminé sa viande.

« Que de belles choses nous a dites Monsieur le Professeur sur Balanoaia ! commença-t-elle d'une voix un peu chantante. Tant d'idoles en terre, tant de bijoux en or… »

Le professeur hésita.

« Des bijoux en or, on en trouve plutôt rarement, l'interrompit-il. Il n'y en avait pas tellement en ces temps-là. Par ici, c'était des civilisations paysannes, des villages florissants certes, mais des villages quand même. L'or se trouvait plutôt dans les ports grecs…

— On trouvait aussi de l'or, de vieux bijoux en or autrefois, continua Mme Mosco.

— Tantine Christina aussi en avait, murmura Simina.

— Qu'est-ce que tu en sais ? l'interrogea sur un ton de réprimande Sanda. Pourquoi ne te tiens-tu pas tranquille ?

— Maman me l'a dit, répliqua Simina d'un ton dégourdi. Et puis ma nourrice.

— La nourrice devrait bien cesser de te raconter toutes ces histoires, ajouta rudement Sanda. Tu deviens grande maintenant, tu n'as plus à croire à ces contes et à ces fadaises… »

Sanda regarda sa sœur avec un très léger sourire, à la fois dédaigneux et indifférent. Puis elle tourna son regard vers Egor, qu'elle jaugea gravement, comme si elle se demandait si lui aussi croyait la même chose, s'il pouvait lui aussi être tellement naïf…

La conversation traînait de nouveau. M. Nazarie se pencha vers Egor.

« Quelle merveilleuse idée vous avez eue de revenir dans ces plaines danubiennes, dit-il. Je crois que personne n'a encore essayé de peindre de tels endroits ; d'abord, ils semblent désespérés, déserts, trop frappés de soleil, et après, on perçoit leur épouvantable fécondité, leur charme... »

Il avait parlé en toute sincérité, avec élan. Egor le regarda, ahuri. Il avait eu l'impression, pendant les premières minutes, d'un pauvre savant morose et timide. Les mains de M. Nazarie se mouvaient cependant avec une grâce achevée, et les mots qu'il disait avaient leur propre sève, une étrange fraîcheur. Comme s'il les prononçait différemment, plus profondément, plus pleinement.

« M. Paschievici est un grand artiste, mais en même temps, c'est un grand paresseux, intervint Sanda. Voilà trois jours qu'il est parmi nous et il n'a même pas encore ouvert son chevalet...

— Je pourrais comprendre de différentes manières votre amicale observation, dit galamment Egor. Je pourrais croire, par exemple, que vous êtes impatiente de me voir travailler, pour pouvoir espérer que je m'en aille plus rapidement... »

Sanda lui rendit son sourire, l'encourageant. Egor avait saisi avec précision toutes les nuances de la plaisanterie, de la grâce et du caprice qui trahissent l'impatience, la tentation, les appels. En tout cas, Sanda est superbe, se dit-il, bien qu'il n'eût absolument rien compris à son attitude durant ces trois jours. Elle était si différente de la demoiselle frivole de Bucarest qui l'attirait si crânement et lui avait serré avec tant de joie la main quand il avait accepté de venir à Z. pour un mois entier. Peut-être avait-elle peur de quelque chose, peut-être craignait-elle les invités, s'était dit Egor en guise de consolation le premier soir.

« … La vérité, c'est que je ne me sens bon à rien pour le moment, poursuivit-il en tournant la tête vers M. Nazarie. Surtout pas à peindre. Peut-être est-ce ce début d'automne, qui ressemble davantage à une fin d'été, qui me fatigue…

— Je l'excuserais mieux s'il me le demandait, dit Sanda en riant. Nous avons eu trois jours trop bruyants, avec trop d'amis, c'est plutôt cela. À partir de demain, il pourra travailler, nous serons seuls… »

Egor commença à jouer avec le couteau. Il lui fallait serrer quelque chose de froid et de solide dans sa main, pour brider son impatience.

« … Quant à moi, je passerai inaperçu, ajouta M. Nazarie. Vous ne me verrez parmi vous qu'ici… »

D'un geste de la main, il fit un rapide tour de table. Mme Mosco le remercia, absente.

« C'est un grand honneur de vous avoir parmi nous, commença-t-elle, retrouvant subitement une voix plus assurée et plus forte. Vous êtes la fierté de la science roumaine... »

On voyait combien ces mots lui plaisaient, car elle les répétait avec ferveur. Egor regardait par terre, serrant plus doucement le couteau. Les paupières mi-closes, Sanda suivait ses gestes. Qui sait ce qu'il pense de maman, se dit-elle soudain furieuse.

« Madame, interrompit éberlué M. Nazarie, vos louanges s'adressent sans nul doute à mon maître, le grand Vasile Pîrvan, lui, il a vraiment atteint au sommet, c'était une fierté pour nous, un génie roumain... »

Il attendait depuis longtemps pareille occasion : parler, dire des choses éloignées de cette table insolite, de ses hôtes incompréhensibles. Il parla avec animation et dévotion de Pîrvan. De lui, il avait appris l'art des fouilles. Lui, le précurseur, avait prouvé que la préhistoire et la protohistoire étaient la plus grande fierté de la terre roumaine. Et encore le charme des fouilles, la vie sous la tente, le frisson devant chaque objet trouvé.

« Un peigne de fer, un clou, un fragment de pot, continuait M. Nazarie, toutes ces pauvres petites choses neutres, qu'un chemineau ne relèverait même pas de la poussière, ont pour nous davantage de charme que le plus beau des livres, et peut-être même que la plus belle femme... »

Sanda chercha en souriant les yeux d'Egor, s'attendant à un sourire ironique. Mais le peintre écoutait avec respect et sympathie.

« Un peigne de fer permet parfois de découvrir une civilisation », poursuivit M. Nazarie, s'adressant à nouveau à Mme Mosco.

Mais il s'arrêta brusquement au milieu de sa phrase, comme s'il avait soudain perdu haleine. Il regardait fixement Mme Mosco. Il avait peur de fermer les yeux. Il aurait peut-être découvert une hallucination encore plus terrifiante sous ses paupières.

« Qui prend un café ? » interrogea au même moment Sanda, en se levant bruyamment de table.

M. Nazarie commença à sentir une sueur froide sur ses épaules, sur sa poitrine, le long de ses bras. Comme s'il pénétrait lentement dans une zone humide et glacée. Je suis très fatigué, se dit-il en serrant ses mains l'une contre l'autre. Il se retourna vers Egor. Son geste lui parut assez incompréhensible : l'autre souriait, deux doigts en l'air, comme s'il était en classe…

« Vous en prendrez aussi, Monsieur le Professeur ? lui demanda Sanda.

— Avec plaisir, avec plaisir… » répondit M. Nazarie.

C'est seulement quand il vit les tasses de café sur la table qu'il comprit ce que Sanda lui avait demandé et il se tranquillisa pleinement. En même temps, il regarda une fois encore, sans crainte, du côté de Mme Mosco. La maîtresse de maison avait le front ployé, appuyé sur la main droite. Plus personne ne parlait à table. Il rencontra cependant le visage de Simina tourné vers lui. Elle le regardait avec grand étonnement, voire avec méfiance. Elle semblait s'évertuer à déchiffrer un mystère. C'était une préoccupation profonde, mécontente, par-delà l'enfance.

2

M. Nazarie ouvrit fort précautionneusement la porte. Il trouva dans la petite salle une lampe à gaz, à la flamme baissée. Il l'ôta du mur et se mit à marcher attentivement, en s'efforçant de ne pas faire de bruit. Cependant, les planchers de bois, couleur cerise, craquaient même là où ils étaient recouverts de tapis. Pourquoi, Bon Dieu, nous avoir donné des chambres aussi éloignées ! se dit M. Nazarie, un peu énervé. Il n'avait pas peur, mais il y avait beaucoup à marcher jusqu'à la chambre d'Egor ; il devait passer devant de nombreuses portes, sans savoir s'il y avait quelqu'un dans les chambres, s'il ne dérangeait personne. D'autre part, ces chambres – si elles étaient vraiment vides – auraient donné un air désert au couloir, ce à quoi M. Nazarie ne voulait même pas songer.

La chambre d'Egor se trouvait précisément à l'autre bout. Il frappa quelques coups, avec joie.

« J'espère ne pas trop vous déranger, dit-il en ouvrant la porte. Je n'ai pas du tout sommeil…

— Moi non plus », répondit Egor en se levant du canapé.

C'était une grande chambre, spacieuse, avec un balcon qui donnait sur le parc. Le vieux lit en bois était placé dans un coin. Une armoire, un lavabo, un canapé, un bureau élégant, deux chaises et une chaise longue meublaient la pièce. La chambre était néanmoins si grande qu'elle paraissait meublée simplement. Les objets étaient trop loin les uns des autres. On pouvait se mouvoir à l'aise.

« Cela me fait très plaisir, ajouta Egor. Je me demandais comment tuer mon insomnie. Je n'ai guère apporté de livres. Je pensais que j'allais beaucoup travailler dans la journée… »

Il laissa sa pensée inachevée : je croyais surtout que je pourrais passer les soirées avec Sanda…

« C'est le premier soir que je monte si tôt dans ma chambre, continua Egor. Jusqu'à maintenant, je restais très tard dans le parc ; il y avait beaucoup d'invités, beaucoup de jeunes. Mais je crois qu'ils fatiguaient trop Mme Mosco… vous ne fumez pas ? demanda-t-il en tendant son étui à cigarettes ouvert à M. Nazarie.

— Non merci. Dites, je voulais vous demander, toutes les chambres près de nous sont inhabitées ?

— Je le crois, répondit en souriant Egor. C'est là qu'étaient les invités ; tout un étage pour les invités. Et en bas, je crois que les chambres sont aussi vides. Mme Mosco habite de l'autre côté de la maison, avec les demoiselles… »

Il demeura songeur. Il alluma sa cigarette et s'assit sur une chaise en face du professeur. Ils restèrent tous deux silencieux.

« Quelle nuit splendide ! » dit plus tard M. Nazarie, levant le front vers le balcon.

Encore incertains, les grands contours des arbres se détachaient à présent dans l'obscurité. Egor tourna lui aussi la tête. C'était vrai, la nuit était splendide. Mais de là à souhaiter « bonne nuit » aux invités à neuf heures et demie et à se retirer en même temps que sa mère, comme une petite fille sage…

« À rester longtemps sans bouger, poursuivit M. Nazarie, et à aspirer lentement, sans se presser, on sent le Danube… Moi je le sens…

— Il doit quand même être très loin, dit Egor.

— Environ une trentaine de kilomètres. Peut-être moins. Mais c'est la même nuit, on le perçoit rapidement… »

M. Nazarie se leva et s'approcha du balcon. Non, la lune ne se lèvera que dans quelques jours, se souvint-il dès qu'il se heurta à l'obscurité.

« C'est aussi la même atmosphère, continua-t-il en relevant lentement la tête et en savourant l'air à pleine bouche. Il semble que vous n'ayez jamais habité près du Danube. Autrement, il est bien rare d'échapper à ces effluves. Moi, je sens le Danube jusque dans le Baragan… »

L'autre se mit à rire.

« N'est-ce pas trop dire, jusque dans le Baragan ?

— Non, non, expliqua M. Nazarie. Car ce n'est pas une odeur d'eau, ce n'est pas une atmosphère humide. C'est plutôt une odeur languissante, qui rappelle la vase et certaines plantes à tiques…

— C'est assez vague, l'interrompit Egor en souriant.

— On le reconnaît pourtant rapidement, où que l'on soit, reprit M. Nazarie. Parfois, il semble que, très loin, des forêts entières ont pourri pour qu'un vent puisse charrier une odeur aussi complexe et à la fois élémentaire. Naguère, les forêts étaient proches. Il y avait le Teleorman…

— Ce parc aussi semble être vieux », dit Egor en tendant le bras au-dessus du balcon.

M. Nazarie le regarda gentiment, sans pouvoir dissimuler un sourire méprisant.

« Tout ce que vous voyez ici, dit-il, n'a pas plus de cent ans. Des acacias… Des arbres de pauvre. C'est tout juste si l'on aperçoit ici ou là un orme. »

Il commença à parler passionnément des forêts et des arbres.

« Ne vous étonnez pas, dit-il soudain, interrompant son discours et posant la main sur l'épaule d'Egor. J'ai dû apprendre tout cela des hommes, des livres, des savants, à tout venant. Pour les fouilles, bien entendu ; je devais savoir jusqu'où pouvaient s'installer les hommes, les Scythes, les Gètes et tous les autres…

— Par ici, on ne trouve probablement guère de traces, dit Egor, essayant de ramener la discussion à la préhistoire.

— On pourrait en trouver par ici aussi, répondit modestement M. Nazarie. Quelque part, il y avait bien des chemins, même des villages à l'orée des bois. Près des vallées surtout… Mais de toute façon, là où il y a eu des forêts pendant des centaines d'années de suite, ce sont des lieux magiques. Ça, c'est sûr… »

Il s'arrêta et recommença à humer l'air, en se penchant doucement de tout le corps par-dessus le balcon, dans la nuit.

« Quelle joie chaque fois que je reconnais le Danube, même à des endroits comme ici, continua-t-il d'une voix plus basse. C'est une autre magie, une magie facile à recevoir, qui ne fait pas peur. Les gens des fleuves sont et plus sages et plus courageux ; l'aventure est aussi partie d'ici, pas seulement des bords de mers… Mais voyez-vous, la forêt fait peur, elle rend fou… »

Egor se mit à rire. Il fit un pas dans la chambre. La lumière de la lampe l'enveloppa de nouveau tout entier.

« Bien sûr, ce n'est pas difficile à comprendre, poursuivit M. Nazarie. La forêt vous fait peur à vous aussi, qui êtes un jeune homme cultivé, dépourvu de superstition. C'est une frayeur qui n'épargne personne. Trop nombreuses sont les vies végétales, et trop ressemblants aux hommes sont les vieux arbres, surtout aux corps humains…

— Ne croyez pas que je me suis éloigné de la fenêtre parce que j'avais peur, dit Egor. Je me suis éloigné parce que je voulais allumer une cigarette. À présent, je reviens auprès de vous…

— Ce n'est pas la peine. Je vous crois. On ne peut tout de même pas avoir peur d'un parc d'acacias, dit M. Nazarie en revenant dans la chambre et en s'installant sur le canapé. Mais ce que j'ai dit est vrai. S'il n'y avait pas le Danube, les gens de par ici seraient devenus fous. Les gens d'il y a deux ou trois mille ans, s'entend… »

Egor le regarda très étonné. Il est de plus en plus intéressant, le professeur. Encore deux heures, et il va me réciter des poésies pleines de têtes de mort…

« J'oubliais de vous demander, reprit M. Nazarie. Ça fait longtemps que vous connaissez notre hôtesse ?

— Je ne connais que Mlle Sanda, et encore pas depuis très longtemps, deux ans environ. Nous avons des amis communs. Mme Mosco, je ne l'ai connue qu'en arrivant ici, il y a quelques jours.

— Elle me paraît très fatiguée », dit M. Nazarie.

Egor secoua la tête. C'était quand même amusant, ce sérieux du professeur ; c'était comme s'il lui avait communiqué un secret, une observation qu'il était le seul à pouvoir faire. Il me dit cela précisément à moi, qui m'efforce depuis tant de jours de me rappeler son sourire…

« Moi, je suis tombé ici un peu par hasard, continua M. Nazarie. J'ai été invité par le préfet ; il semble être un vieil ami de la famille. Mais je commence à me sentir mal à l'aise ; est-ce que nous ne les dérangeons pas ? J'ai l'impression que Mme Mosco est assez malade… »

Egor répondit comme s'il s'excusait ; lui non plus ne voulait pas rester longtemps, s'étant rendu compte dès le premier jour combien leur hôtesse était fatiguée. Mais les autres invités ne paraissaient guère impressionnés par la faiblesse de Mme Mosco. Peut-être la connaissaient-ils depuis plus longtemps et s'y étaient-ils habitués. Ou peut-être sa maladie n'était-elle pas aussi grave ; parfois, surtout le matin, Mme Mosco suivait avec vivacité n'importe quelle discussion.

« On dirait que ses forces déclinent en même temps que celles du soleil, ajouta Egor avec une certaine solennité, après une courte pause. Le soir, elle est très fatiguée ; parfois, elle tombe dans une léthargie d'autant plus curieuse qu'elle garde le même sourire, et aussi le même masque. »

M. Nazarie voyait très clairement ses yeux grands ouverts, aux pupilles froides, intelligentes ; il voyait également le sourire qui illuminait tout son visage et avec lequel elle pouvait si bien donner le change. Non, le peintre s'était trompé en parlant du masque de Mme Mosco ; ce n'était pas un masque, c'était un visage vivant, concentré, très attentif même ; en tout cas, son sourire la rendait présente, comme si elle écoutait de tout son être, comme si elle était envoûtée par les paroles prononcées. Au début, pareille attention était presque intimidante, elle faisait rougir. Mais rapidement on s'apercevait qu'elle n'écoutait rien, qu'elle n'entendait peut-être même pas les paroles. Elle ne cessait de suivre les gestes, les lèvres qui bougent, et elle savait quand interrompre.

« C'est extraordinaire ! dit M. Nazarie poursuivant sa pensée. Elle sait quand interrompre, quand placer un mot pour se rappeler au souvenir, afin de ne pas trop désarçonner l'interlocuteur par son silence… »

Egor l'écoutait, encore plus surpris qu'au début. Il ne s'était pas encore habitué à le croire trop intelligent, et encore moins sensible. Il a des vertus d'artiste, se dit-il. Et malgré tout, il est si timide, si maladroit…

« N'exagérons-nous pas un peu ? interrogea-t-il, en se levant de la chaise et en commençant à se promener dans la chambre. Ce n'est peut-être qu'une exténuation chronique, si, du moins, ce terme existe.

— Il n'existe pas, dit M. Nazarie en donnant sans le vouloir une nuance ironique à ses paroles. Une exténuation chronique, cela signifierait une espèce de mort arrêtée sur place... »

Ces derniers mots lui déplurent, et il se leva lui aussi du canapé, tâchant de se promener. Il sentit la même stupide sueur froide dans le dos. Il lança un regard sombre au canapé, comme s'il voulait se convaincre de sa réalité modeste, de son indifférence physique. Il le regarda avec emportement, plutôt furieux contre lui-même, contre ses nerfs aux inventions enfantines.

« En tout cas, dit Egor à l'autre bout de la chambre, nous exagérons nous aussi ; nous sommes trop sensibles. Vous ne voyez pas comme elle se comporte avec ses enfants, surtout avec la petite fille ? »

Il s'arrêta près de la porte, comme s'il écoutait quelque chose. Sans doute une servante qui essaie les portes pour voir si elles sont fermées à clé, ou qui cherche quelque chose dans le couloir. Quel pas attentif, léger, et d'autant plus ennuyeux qu'on le devine plus qu'on ne l'entend. À présent, un très léger craquement du plancher ; après, on attend, et on n'entend plus rien quelques instants, quelques instants très longs. La servante marche en retenant son souffle, sur la pointe des pieds, pour n'éveiller personne. Des paysans idiots, se dit Egor, exaspéré par le bruit évanoui ; ils feraient mieux de marcher sans façon, qu'on les entende tout le temps.

« J'ai eu l'impression que quelqu'un marchait dans le couloir, dit Egor en reprenant sa promenade. Demain, je mettrai une pancarte sur ma porte : "Prière de marcher carrément dans le couloir." Autrement, c'est énervant ; c'est comme si des voleurs s'apprêtaient à vous tomber dessus... Il est vrai que des voleurs ne pourraient pas pénétrer si facilement jusqu'ici, ajouta-t-il en riant. N'empêche que c'est énervant... »

M. Nazarie s'approcha du balcon. Il pencha à nouveau la tête dans l'obscurité.

« Les nuits sont toujours aussi chaudes, dit Egor. On aurait pu rester dans le parc au lieu de nous enfermer ici... »

Il remarqua que le professeur ne lui répondait pas et se retira doucement dans la chambre. Il est pensif, il philosophe peut-être à propos du Danube, se dit Egor soudain égayé. Mais dans le fond, ce qu'il affirme n'est pas dénué de toute logique ; un fleuve, une vaste étendue d'eau, aux rives larges, accueillantes... Il vit sur-le-champ combien le Danube était beau, combien il était viril. Il aurait aimé être très loin ; être par exemple sur le pont d'un yacht qui remonte lentement les eaux du fleuve, étendu sur une chaise longue, écoutant la radio ou entouré de jeunes gens. On s'ennuie vite sans jeunes gens, sans bruit autour de soi. La vie, une présence, sans cela... Il tourna la tête, énervé. Il lui semblait ne pas être seul dans la chambre, que quelqu'un le regardait avec insistance ; il avait senti avec précision la vrille d'un regard derrière lui, et ce genre de sensation l'ennuyait toujours. Pourtant, il était seul. Le professeur s'attardait sur le balcon. C'est un peu impoli de sa part, s'étonna Egor. À moins qu'il ne se sente pas bien, peut-être devrais-je lui dire quelque chose, l'aider. Il fit quelques pas en direction du balcon. M. Nazarie l'accueillit avec une expression épuisée.

« Pardonnez-moi d'être resté dehors, dit-il. Je craignais de défaillir ; je commence à croire que je suis vraiment fatigué. Ces régions ne me conviennent pas…

— Peut-être ne me conviennent-elles pas à moi non plus, dit Egor en riant. Mais cela n'a aucune importance. Ce qui importe, c'est que je ne puis vous offrir rien d'autre qu'un cognac. J'espère que vous ne refuserez pas un cognac.

— Une autre fois, j'aurais refusé. Mais aujourd'hui, il faut que je trouve quelque chose contre ce café que j'ai bu par inadvertance. Si l'insomnie gâche ma nuit, demain je ne serai bon à rien… »

Egor ouvrit sa mallette de voyage, en tira une bouteille récemment entamée et choisit dans l'armoire deux grands verres à eau. Il versa avec soin un doigt de cognac, juste dans le fond.

« J'espère que cela fait dormir », dit M. Nazarie en vidant son verre d'un trait.

Il se prit ensuite le visage entre les mains en frottant, comme pour l'écraser. Il l'a bu comme une *tsuïca*[1], songea Egor. Il entreprit de savourer son cognac avec une grande délectation. L'alcool avait apporté une autre ambiance dans la pièce : cordiale, juvénile, revigorante. À présent, il ne sentait plus aucun regard étranger. Il s'assit commodément sur la chaise et huma une invisible buée au-dessus du verre. Une odeur bien connue, qui lui rappelait tant d'heures claires, confortables, passées avec des amis ou certaines femmes. L'alcool est le bienvenu, se dit-il.

« Allez, donnez-moi une cigarette, pria au même moment le professeur, encore rouge et suffoqué. J'aurai peut-être plus de chance. »

Il fuma, non sans un certain succès. Egor remplit de nouveau les verres. Il se sentait en bien meilleure forme, avec des envies de bavardage. Si Sanda avait été là, si elle avait eu un peu plus d'imagination… Il aurait fait bon passer une nuit comme celle-ci en palabres, avec un homme aussi amusant que le professeur et une bouteille de cognac à côté. Dans le fond, c'est pour cela qu'on va à la campagne ; pour passer des nuits à bavarder et à mieux s'écouter l'un l'autre. À Bucarest, personne n'écoute personne.

« Celui-là, il faut le boire sans hâte, Monsieur le Professeur », plaisanta Egor.

---

1. Eau-de-vie de prune roumaine. (N. du T.)

Il avait envie de parler, de se confier.

« J'ai oublié de vous demander comment vous faisiez les découvertes archéologiques, dit-il.

— C'est simple, commença le professeur, très simple… »

Mais il s'arrêta, interdit. Ils se regardèrent un instant au fond des yeux, chacun cherchant à comprendre si l'autre avait senti la même chose, ce même début de terreur, puis ils saisirent presque en même temps les verres de cognac et les vidèrent d'un trait. Le professeur n'écrasa plus son visage entre ses mains. Au contraire, cette fois-ci l'alcool lui fit du bien. Il n'osa toutefois pas poser de questions à Egor ; il avait deviné dans son regard qu'il avait ressenti la même pénible impression, la même horreur répugnante. Sentir que quelqu'un s'approche de soi et *s'apprête à écouter*, quelqu'un qu'on ne voit pas, mais dont on sent la présence dans le battement de son sang et qu'on reconnaît dans l'éclat des yeux du voisin…

Tous deux se préparèrent à parler d'autre chose. Egor chercha rapidement un sujet, un prétexte. Quelque chose de très éloigné de cette chambre, du moment présent. Durant quelques instants, son esprit ne put rien découvrir. Il était pétrifié. Et il n'avait même pas peur. *Alors*, il avait senti quelque chose qui ne ressemblait à rien. Un dégoût monstrueux, mêlé d'effroi. Juste quelques instants. Il lui avait suffi de mettre la main sur son verre et de vider d'un trait le doigt de cognac pour que tout redevienne limpide.

« Êtes-vous jamais allé à Marseille ? interrogea-t-il brusquement, attrapant la bouteille et remplissant à nouveau les verres.

— J'y suis allé, il y a assez longtemps, répondit rapidement le professeur, immédiatement après la guerre. Les choses ont changé depuis…

— Il y a un bar là-bas, juste à côté de l'hôtel Savoy, poursuivit Egor avec volubilité, c'est L'Étoile marine. Je m'en souviens très bien, c'est son nom. Là-bas, si le cognac est à votre goût, la coutume est de se mettre à chanter…

— Excellente idée ! dit le professeur, mais je n'ai pas de voix… »

Egor le regarda avec mépris : il a peur de chanter, il a honte. Il porta le verre à ses narines et le huma fortement. Il prit une gorgée, puis rejeta légèrement la tête en arrière et commença, en traînant :

« *Les vieilles de notre pays*
Ne sont pas des vieilles moroses
Elles portent des bonnets roses…[1] »

1. En français dans le texte. (N. du T.)

3

Monsieur Nazarie entendit frapper à la porte et se résolut à s'éveiller pour de bon. Depuis une demi-heure, il luttait contre le sommeil. Il ouvrait les yeux, percevait la fraîcheur vivifiante du matin, la lumière crue dans la chambre, puis se rendormait. Un sommeil léger, discontinu, mais d'autant plus balsamique. C'était comme le prolongement d'une béatitude difficile à reconquérir. Plus tenace était la résistance, plus balsamique était le glissement dans le sommeil. Encore un instant, encore un… C'était comme si dans la profondeur du sommeil persistait, vivante à perpétuité, la certitude que ce bonheur était éphémère, qu'il allait prochainement se détacher de ce doux flottement et être projeté tout entier dans la lumière du dehors. Les coups frappés à la porte l'éveillèrent définitivement.

« Bien le bonjour ! »

Une femme presque vieille entra dans la chambre avec le lait.

« Il est tard, je crois qu'il est très tard », dit M. Nazarie.

La femme sourit et évita son regard.

M. Nazarie se frotta le front. Il avait un peu mal à la tête et se sentait la bouche amère. Il regretta soudain de s'être attardé si longtemps au lit. La béatitude dont il s'était si difficilement défait lui semblait maintenant rebutante. Il se sentait en même temps fatigué, triste, désespéré sans la moindre raison, comme il se sentait toujours quand il s'éveillait pour la première fois dans une chambre étrangère. Un grand vide intérieur incompréhensible ; vanité des vanités… Puis il se souvint des verres de cognac avalés la nuit, et sa fureur contre lui-même s'accrut. Comme ça, boire sans rime ni raison, perdre son temps avec un bon à rien…

« Si vous voulez de l'eau chaude, Monsieur », dit la femme.

Non, pas question d'eau chaude. M. Nazarie ressentait le besoin de se punir d'une certaine manière, de se torturer. Avec quel plaisir il allait se laver tout le corps à l'eau froide…

La femme referma la porte et M. Nazarie sauta bruyamment du lit. L'étourdissement et le léger mal de tête persistaient. Il remplit la cuvette d'eau froide et commença à se laver. Les événements de la nuit surgissaient l'un après l'autre. Il avait envie de rire. Quelles hallucinations imbéciles, quelle peur sans raison ! Il suffisait de regarder un peu autour de soi, cette lumière, cette fraîcheur automnale, ce lait bouillant avec sa buée saine et douce, pour prendre conscience de l'inconsistance de toutes les chimères. Et je n'ai même pas appris à fumer, se dit M. Nazarie non sans une certaine ironie, tout en s'habillant. Il s'installa ensuite à table et savoura jusqu'au fond la tasse de lait, sans toucher ni au beurre ni à la confiture. Il rompit un quignon de pain grillé et se prépara à achever sa toilette tout en grignotant. Le souper d'hier soir n'a guère été fameux, se souvint-il. Si je ne m'étais intoxiqué avec le cognac, j'aurais aujourd'hui une faim de loup. Le souper n'a pas été fameux, tout le monde l'a observé. De la viande qui sentait le mouton, des légumes échaudés. Heureusement qu'il y avait de la *mamaliga*[1], du fromage et de la crème. Il sourit en se regardant dans la glace. J'ai oublié de me raser. C'est peut-être pour ça qu'elle m'avait demandé si je voulais de l'eau chaude. Maintenant, c'est trop tard, je me raserai tout aussi bien à l'eau froide…

Sans hâte, il sortit de sa valise son rasoir et commença à se savonner. Une mélodie triste, lente, descendait doucement de sa mémoire. Quelques instants, la mélodie flotta sans forme, se débattant, se perdant pour revenir ensuite :

---

1. Bouillie de farine de maïs, version roumaine de la polenta. (N. du T.)

Les vieilles de notre pays[1]...

C'est ce qu'Egor chantait cette nuit, se souvint-il avec plaisir. Il se souvint également des circonstances qui avaient poussé le peintre à chanter. Il avait senti lui aussi *la même chose*, se dit M. Nazarie en souriant. Avec quelle insouciance il souriait à présent, combien la scène de cette nuit lui paraissait lointaine et ridicule. Il se savonna avec un entrain redoublé. Malgré tout, il m'a semblé que quelqu'un m'écoutait. Je m'en souviens fort bien. Et à table... Alors, ce fut plus grave, vraiment plus grave. Pourtant, il y avait tellement de lumière dans la chambre, tant de certitude dans les murs blancs, dans le bout de ciel clair qu'il entrevoyait dans le miroir, dans l'odeur de savon qui enveloppait son visage...

M. Nazarie fixe sa lame avec attention ; chaque geste lui fait plaisir, chaque chose qu'il prend en main. Il commence à se raser comme il faut, en se regardant dans la glace, rapetissant sa bouche et essayant de le faire avec grâce, afin que les lèvres d'aventure arrondies trop brutalement ne bousculent point la symétrie du visage.

M. Nazarie passa la matinée à se promener au hasard dans les champs. Ses pensées n'avaient

1. En français dans le texte. (N. du T.)

rien à voir avec la préhistoire. D'ailleurs, rien ne lui faisait espérer des fouilles prometteuses dans ces plaines trop étendues, trop monotones. Les tumulus commençaient vers le septentrion du domaine, en direction du village, mais M. Nazarie s'en était allé exprès dans le sens opposé. Il faisait encore si beau par ici avant les labours d'automne. Pas un nuage, pas une ombre sur toute cette étendue, et pourtant le soleil n'était pas lassant, des oiseaux inconnus se risquaient dans l'air, on entendait des cigales et des grillons. Un calme immense, vivant, non pétrifié. Même le pas de l'homme se fondait dans cette masse musicale de sons menus qui, ensemble, composaient la quiétude et la solitude de la plaine. La glorieuse plaine valaque, souligna M. Nazarie. Encore deux ou trois semaines, et c'en est vraiment fini des vacances. Bucarest, les examens des étudiants, le cabinet de travail. Si au moins nous menions à bien les travaux de Balanoaia…

Il revint vers la demeure quelques minutes avant l'heure du déjeuner. Il rencontra Simina en train de se promener seule dans le parc.

« Bonjour, Demoiselle ! lui dit-il cordialement.

— Bonjour, Monsieur le Professeur, répondit la petite fille en souriant. Vous avez bien dormi ?… Maman vous posera la même question, mais je voulais vous la poser la première… »

Son sourire se mua insensiblement en un rire bref, silencieux. Le professeur ne pouvait détourner son regard de ce visage d'une beauté sans pareille. Comme si c'était une poupée ; une beauté si parfaite qu'elle en paraissait artificielle. Même ses dents étaient trop étincelantes, ses cheveux trop noirs, ses lèvres trop rouges.

« J'ai admirablement bien dormi, Demoiselle », dit M. Nazarie en s'approchant d'elle et voulant lui passer la main dans les boucles.

C'était vraiment une enfant extraordinaire. Mais la paume déjà au-dessus de la tête de la fillette, il eut soudain peur de la caresser. Son sourire l'intimidait. Il retira maladroitement sa main. Simina n'était plus une enfant ; neuf ans, lui avait-on dit hier soir, mais tellement de féminité dans sa démarche, tant de charme dans ses gestes courts et ronds.

« Vous n'avez pas empêché M. Egor de travailler cette nuit ? » interrogea malicieusement Simina, le front très légèrement froncé.

M. Nazarie ne chercha pas à dissimuler son étonnement. Au contraire, il était content d'avoir une occasion de flatter la petite fille, de se montrer dupe de sa ruse et de se lier ainsi d'amitié avec elle.

« Mais d'où sais-tu que je suis allé chez M. Egor hier soir ? interrogea-t-il.

— Je me le suis imaginé ! »

Elle se mit à rire. Le professeur s'immobilisa devant elle, très grand, embarrassé. Simina se reprit rapidement.

« Toujours quand deux invités se rencontrent, dit-elle, ils se retrouvent dans une chambre. Et la chambre de M. Egor est la plus belle. C'est là que logent d'ordinaire les invités… »

Elle n'alla pas au bout de sa pensée. Elle reprit son sourire d'enfant victorieux et fit un pas vers M. Nazarie.

« Mais moi je crois que ce n'est pas bien, ajouta-t-elle en un murmure. M. Egor travaille. Il faudrait le laisser seul la nuit… »

Le dernier mot achevé, son visage perdit son sourire. Il était sévère, froid, impérieux, M. Nazarie se sentait à présent encore plus intimidé.

« Bien sûr, bien sûr, balbutia-t-il. C'est arrivé une fois, cela ne se répétera plus désormais… »

Simina le regarda un instant dans les yeux, trop fixement, presque insolemment, puis, sans ajouter un seul mot, elle s'éloigna brusquement du professeur et se dirigea vers le parc.

Probablement sait-elle quelque chose que j'ignore totalement, songea M. Nazarie. Un complot ne serait-il pas en préparation contre Egor ? Des rencontres, la nuit, dans le parc, des promenades sentimentales, c'est comme ça que cela commence d'habitude… Simina est sans doute dans la confidence.

M. Nazarie rentra dans sa chambre pour se laver les mains avant de passer à table. Pourtant, c'est assez stupide de laisser une petite fille comprendre des choses pareilles, continua-t-il en pensée. Une enfant aussi sensible que Simina…

Il descendit en hâte et se dirigea directement vers la salle à manger. Il avait entendu la clochette. Il avait d'ailleurs été prévenu de cette habitude de la maison : cinq minutes après le tintement de la cloche, la table était servie, quel que fût le nombre de personnes présentes. Tout le monde était déjà rassemblé dans la salle à manger, sauf Simina.

« Comment Monsieur le Professeur a-t-il dormi ? » s'enquit Mme Mosco.

Elle ne paraissait pas si fatiguée ce matin-là. Elle portait une robe couleur de fumée, avec un col rose pâle. Elle semblait véritablement plus jeune, plus animée. Ses bras nus se mouvaient avec davantage de grâce en s'arquant, fragiles.

« Vous avez vraiment bien dormi ? » interrogea aussi Sanda, s'efforçant de dissimuler son étonnement.

La servante s'était arrêtée près de la porte, à l'écoute. Elle regardait à terre, les mains au dos, comme si elle attendait un ordre, mais elle écoutait elle aussi avec la même curiosité.

« J'ai dormi aussi bien que possible, répondit M. Nazarie. J'ai d'abord redouté une insomnie, mais M. Paschievici a été assez aimable… »

Il se tourna vers lui. Egor souriait, tout en jouant avec le petit couteau à pain. Ainsi donc, il a tout raconté, songea M. Nazarie. Il a sans doute raconté comment nous nous sommes tous deux bourrés d'alcool, et peut-être a-t-il débité des choses plaisantes sur mon compte…

« Je crois que M. Paschievici vous a dit… reprit-il.

— Je n'avais pas grand-chose à dire », l'interrompit Egor.

M. Nazarie s'aperçut seulement alors qu'Egor n'aurait pas pu raconter en détail les événements de la nuit passée. Il aurait eu honte de lui. Sans nul doute, les fantasmes de la nuit lui paraissaient maintenant ridicules, mais il ne fallait quand même pas les raconter à d'autres. Il le regarda dans les yeux. Egor semblait ne rien comprendre, ne se souvenir de rien. Il a honte, songea M. Nazarie ; comme moi aussi d'ailleurs.

Sur ces entrefaites, Simina entra dans la salle à manger. Elle s'empressa de s'asseoir sur la chaise à droite de Mme Mosco, après avoir jeté un regard à la ronde.

« Où as-tu été, Demoiselle ? l'interrogea Egor.

— J'ai voulu voir si des lettres étaient arrivées… »

Sanda se mit à sourire. Elle devrait tout de même lui faire des remarques. Évidemment, pas devant les invités, mais elle devrait quand même la gronder un jour pour tous les mensonges qu'elle débitait sans raison…

Elle leva les yeux de son assiette, un peu effrayée. Quelqu'un mangeait avec un tel appétit que le bruit de ses mâchoires dominait toute la pièce. Comme si soudain un silence surnaturel s'était étendu sur la salle à manger, où l'on n'entendait plus que le claquement des mâchoires. C'était Mme Mosco. Sanda pâlit. Souvent Mme Mosco s'oubliait complètement à table et mangeait avec appétit, jamais cependant elle n'avait atteint une telle voracité. Plus personne ne parlait. Tout le monde écoutait, embarrassé.

« *Maman !* » lui cria Sanda.

Mme Mosco continuait de manger, le menton presque appuyé sur la poitrine. Sanda se pencha au-dessus de la table et l'interpella une nouvelle fois, sans résultat. Elle va avoir mal, se dit-elle, terrifiée. Egor faisait semblant de n'avoir rien observé. M. Nazarie regardait effaré du coin de l'œil. Seule Simina paraissait tranquille, comme si rien d'étrange n'était arrivé.

Elle posa la main sur le bras de Mme Mosco, légèrement, et lui dit :

« Cette nuit, j'ai rêvé de tantine Christina, maman ! »

Mme Mosco s'arrêta de mâcher, surprise.

« Tu sais que moi aussi depuis quelques nuits je ne cesse d'en rêver ? Quels drôles de rêves !… »

Elle posa le couteau et la fourchette correctement, au bord de l'assiette, et se retourna vers les invités. M. Nazarie tressaillit en pressentant le geste ; il craignait de regarder un visage qui venait tout juste d'émerger de l'inconscience. (Il ne pouvait s'expliquer autrement la mastication barbare de Mme Mosco, quelques minutes auparavant.) Il fut cependant franchement surpris en apercevant un visage tranquille et intelligent. Sans aucun doute Mme Mosco ne se souvenait-elle plus - si d'aventure elle s'en était rendu compte - de la scène pénible qui venait de se dérouler.

« Vous allez sourire, Monsieur le Professeur, dit-elle, mais je vous avoue que les rêves sont mon second monde.

— Je ne souris pas du tout, chère Madame, s'empressa de dire M. Nazarie.

— Mais maman entend autre chose par ce deuxième monde, intervint Sanda, heureuse que l'on fût passé si facilement sur une scène pénible. Autre chose en tout cas que ne le laisse deviner le sens des mots.

— Cela m'intéresserait beaucoup de savoir, dit M. Nazarie. Ces choses-là sont toujours fascinantes. »

Mme Mosco approuva, hochant la tête avec ferveur.

« Nous en parlerons une autre fois, murmura-t-elle. Pas maintenant, bien entendu. (Elle se tourna rapidement vers Simina.) Comment l'as-tu rêvée, Simina ?

— Elle est venue près de mon lit et m'a dit : Tu es la seule à m'aimer, Simina ! Elle portait une robe rose et une petite ombrelle…

— C'est comme cela qu'elle vient toujours, dit Mme Mosco, émue.

— Elle parlait de Sanda, ajouta Simina. Sanda commence à m'oublier. Elle devient une grande demoiselle. C'est ce qu'elle m'a dit. Et il m'a semblé qu'elle pleurait. Elle m'a demandé ma main pour la baiser.

— C'est bien ce qu'elle fait, dit Mme Mosco. Elle demande le bras ou la main pour l'embrasser. »

Tout le monde écoutait en silence. Sanda souriait, moqueuse, en regardant sa sœur à la dérobée. Il faudrait que je lui fasse passer cette mauvaise habitude, se dit-elle. Puis elle éclata brusquement :

« Pourquoi mens-tu, Simina ? Je suis sûre que tu n'as rêvé de personne, encore moins de tante Christina.

— Je ne mens pas, répliqua calmement Simina. C'est ce qu'elle m'a dit. Je me souviens très bien de ce qu'elle m'a dit de toi : Sanda commence à m'oublier. Je l'ai alors regardée dans les yeux, et il m'a semblé qu'elle pleurait…

— Tu mens, répéta plus fort Sanda. Tu n'as rien rêvé ! »

Simina la regarda avec surprise, juste dans les yeux, à son habitude. Puis sa bouche sévère s'arrondit en un sourire ironique.

« Peut-être n'ai-je pas rêvé », dit-elle doucement, et elle se retourna vers sa mère.

Sanda se mordit les lèvres. Elle est devenue insolente, elle ne craint même plus les invités. Elle vit alors, comme pour la première fois, Egor, et une vague d'amour l'inonda chaleureusement. Heureusement qu'elle n'était pas seule, qu'il y avait à côté d'elle quelqu'un qui pourrait l'aimer, qui pourrait l'aider.

« Mais d'où notre petite Simina connaît-elle tante Christina ? interrogea au milieu du silence M. Nazarie. Je suppose qu'elle est morte jeune… »

Mme Mosco tourna rapidement son visage vers le professeur. Jamais M. Nazarie ne l'avait vue aussi passionnée. L'émotion, l'impatience, les souvenirs avaient effacé jusqu'à son immanquable sourire. Egor l'observait avec étonnement, avec un début de peur aussi – car ses yeux étaient liquides et leur éclat prenait parfois la densité irréelle d'une loupe.

« Personne ne connaît Christina, dit Mme Mosco après un long soupir. Ni Sanda, ni Simina. Sanda est née la première année de la guerre, neuf ans après la mort de Christina… Mais nous avons un portrait grandeur nature de Christina ; c'est Mirea qui l'a peint. Les enfants la connaissent d'après ce portrait… »

Elle s'arrêta brusquement, le front baissé. M. Nazarie essaya de rompre le silence. C'eût été véritablement pénible que tout le monde se tût de la sorte.

« Elle est morte jeune ? demanda-t-il.

— Elle n'avait que vingt ans, dit rapidement Sanda, pour éviter la réponse de Mme Mosco. Elle avait environ sept ans de plus que maman. »

Mais Mme Mosco semblait n'avoir rien entendu. Elle continua, d'une voix plus faible, comme si elle s'apprêtait à céder à sa fatigue coutumière :

« Elle est morte à ma place, la pauvrette. Moi, on m'avait envoyée à Caracal, avec mon frère, et elle est restée au domaine. C'était en 1907. Et ils l'ont tuée…

— Ici ? interrogea M. Nazarie en accentuant le mot avec crainte.

— Elle était venue de Balanoaia ici, intervint Sanda. Le domaine était alors très vaste, vous savez, c'était avant l'expropriation… C'est malgré tout si difficile à comprendre… Car tous les paysans l'aimaient… »

Egor commença à se sentir mal à l'aise. Il avait déjà entendu cette histoire, et cependant pas tout à fait de la même manière. Il apprenait maintenant certains détails pour la première fois, d'autres - beaucoup plus significatifs - avaient été laissés dans l'ombre. Il chercha les yeux de Sanda et retrouva ce même regard préoccupé, irisé, courant de Mme Mosco à Simina. Comme si elle redoutait qu'on n'ajoutât quelque chose.

« Prenons le café sur la véranda, dit brusquement Sanda, se levant de table.

— Je ne doute pas que ce fut un rude coup », crut bon de dire M. Nazarie pour consoler la maîtresse de maison.

Mais Mme Mosco hocha la tête très affectueusement, comme si c'était un remerciement très banal qui venait de lui être adressé, comme le font d'ordinaire tous les invités en quittant la table.

Le café fut servi sur la véranda. C'était le début d'un après-midi vitreux de septembre ; le ciel était incroyablement bleu, et les arbres semblaient avoir grandi sans bouger depuis le commencement du monde.

Je pourrais essayer maintenant, se dit Egor. Il est vrai qu'en traversant la salle à manger, il avait senti tout près de lui la hanche de Sanda. Il l'avait alors prise par le bras, amicalement, et la jeune fille s'était soumise en tremblant. L'émotion et l'attente bien connues parvinrent jusqu'à lui. Le corps de la jeune fille s'approcha quelques secondes du sien, puis s'en sépara brusquement – et dans ce geste de crainte, Egor entrevit les plus sûrs espoirs. Il fallait cependant essayer de lui parler davantage. Il s'approcha d'elle, la tasse de café à la main.

« Que faites-vous cet après-midi, Demoiselle Sanda ? lui demanda-t-il.

— Je vous demanderai la permission de vous accompagner dans le parc, pour vous voir peindre », dit la jeune fille en souriant.

Egor se mit à rire. Il se préparait à lui répondre par une boutade, quand il vit tout à côté le visage sévère de Simina. La petite fille le regardait attentivement, comme si elle s'efforçait de comprendre quelque chose qui se passait à son insu.

« Monsieur Egor, s'éleva alors la voix de Mme Mosco, vous avez vu le portrait de Christina ? On m'a dit qu'il s'agissait de la meilleure œuvre de Mirea.

— Si tant est que Mirea puisse avoir fait de bons tableaux… ajouta ironiquement le peintre.

— Pourquoi parler ainsi avant de l'avoir vu ? demanda nerveusement Sanda. Je suis sûre qu'il te plairait… »

Egor ne comprit pas l'âpreté de son ton. Il demeura sans voix, la tasse de café à la main, entre les deux sœurs.

Il ne savait plus que répondre. J'ai fait une gaffe, se dit-il. Quand on veut conquérir une fille de boyards, il ne faut pas être intransigeant en art. Les critères esthétiques ne sont pas toujours les meilleurs…

« N'importe quel peintre médiocre peut faire un chef-d'œuvre s'il peut s'oublier un instant, articula sentencieusement M. Nazarie.

— Mirea a été un très grand peintre, dit Mme Mosco. Mirea a été un sommet de l'art roumain. Le pays peut en être fier… »

M. Nazarie rougit, gêné. D'autant plus que Mme Mosco s'était brusquement levée et les avait tous conviés, d'un geste brisé, à venir voir le tableau. Ni Sanda ni Simina n'étaient plus calmes. Tout ce qui touche à Mademoiselle Christina est véritablement sacré pour elles, se dit Egor. Dans le fond, ce n'est pas un sentiment médiocre que celui-ci. Aimer et vénérer une morte, jusque dans ses icônes les plus triviales. Il se souvint de Daphné Adeane. Je parlerai d'elle à Sanda, se proposa-t-il, réconforté. C'est une bien belle chose qu'accomplit Sanda ; cet amour et cet orgueil pour la tante Christina sont vraiment splendides. À présent, Egor excusait en pensée même la petite Simina. Ce sont des créatures d'élite, trop sensibles. Je me suis comporté comme un malotru.

« C'est un peu en désordre par ici, dit Sanda en ouvrant une porte blanche et massive. C'est un salon où nous n'entrons guère… »

D'emblée tout le monde le remarqua. La pièce sentait le mélilot et le renfermé. Il semblait y faire plus frais, une fraîcheur mélancolique et artificielle. Egor chercha son compagnon. M. Nazarie marchait lentement, comme pour s'excuser modestement, s'efforçant de ne pas faire de bruit, de passer inaperçu. Derrière le professeur venait Simina. Elle était la dernière.

Son visage était illuminé d'une émotion solennelle, qui lui conférait une pâleur féminine, irréelle sur ses traits d'enfant. Ces jeunes filles sont effectivement extraordinairement sensibles, se dit Egor.

« Mademoiselle Christina ! s'exclama Mme Mosco. C'est comme cela que tout le monde l'appelait par ici… »

M. Nazarie sentit la terreur comme une griffe s'appesantir sur sa poitrine. Mademoiselle Christina souriait sur le portrait de Mirea, comme si elle le regardait lui précisément. C'était une jouvencelle très jeune, en robe longue, à la taille fine et élancée, aux boucles noires tombant sur les épaules.

« Qu'en dites-vous, Monsieur le Peintre ? » interrogea Sanda.

Egor était resté loin du portrait. Il s'efforçait de prendre conscience d'où jaillissait en son âme tant de mélancolie et de lassitude, devant cette jeune fille qui le regardait dans les yeux, lui souriant avec familiarité, comme si elle l'avait choisi, justement lui, dans tout ce groupe pour lui dire à lui tout seul son infinie solitude. Insondables étaient la langueur et la peine dans les yeux de Mademoiselle Christina. C'est en vain qu'elle lui souriait familièrement, en vain qu'elle serrait dans sa main la petite ombrelle bleue et qu'elle levait un sourcil à la dérobée, comme pour l'inviter à rire lui aussi de son chapeau trop grand et trop chargé, que de toute évidence elle ne pouvait souffrir, mais qu'elle avait mis parce que maman l'avait voulu (« Il sied mal à une demoiselle de poser autrement qu'impeccablement vêtue ! »). Mademoiselle Christina souffrait dans son immobilité. Aurait-elle eu conscience qu'elle allait mourir si vite ? se demanda Egor.

« Alors, cela te plaît, ajouta triomphalement Sanda. Si tu ne dis rien, c'est que ça te plaît…

— Avec pareil modèle, on ne pouvait faire qu'un chef-d'œuvre », déclara tranquillement Egor.

Les yeux de Mademoiselle Christina étincelèrent un instant, plus perfides. Egor porta la main à son front. Quelle singulière odeur dans cette chambre. Ne serait-ce pas par hasard la même que dans sa propre chambre ? Du coin de l'œil, il lança un regard vers l'autre mur. Sanda avait dit que c'était un salon, mais là-bas, dans le coin, il y avait un grand lit blanc, avec de petits rideaux. Il porta une nouvelle fois son regard sur le portrait. Mademoiselle Christina avait suivi tous ses gestes. Egor lisait clairement dans ses yeux ; elle l'avait vu quand il avait découvert le lit, et elle n'avait pas rougi ; au contraire, elle continuait maintenant encore à soutenir son regard, un peu provocante. Oui, c'est bien ma chambre de jeune fille, et là-bas, c'est mon lit, mon lit virginal, semblaient lui dire les yeux de Mademoiselle Christina.

« Que dites-vous, Monsieur le Professeur ? » interrogea Sanda.

M. Nazarie était resté pétrifié dès qu'il avait posé les yeux sur le portrait. D'abord, il lui avait semblé revoir la vision de la nuit passée, ce visage de brume qui s'était alors approché, à table, de l'épaule de Mme Mosco. La terreur l'avait figé. Mais Simina l'avait tiré de cette frayeur en passant près de lui et en lui jetant un regard étonné, soupçonneux.

« Cela me paraît extraordinaire », répondit pesamment M. Nazarie.

Il s'était tranquillisé. Une tranquillité surnaturelle, un début d'inconscience. Une odeur étrangère régnait dans la pièce ; pas de mort, même pas de fleurs funéraires, mais une odeur de jeunesse arrêtée sur place, arrêtée et conservée ici, entre quatre murs.

Une jeunesse d'il y avait bien longtemps. Comme si le soleil n'était plus entré dans cette pièce et que le temps n'eût rien anéanti. Rien ne semblait changé, modifié depuis la mort de Mademoiselle Christina. Cette odeur, c'est le parfum de sa jeunesse, des restes miraculeusement préservés de son eau de Cologne, des senteurs de son corps. M. Nazarie comprenait maintenant toutes ces menues choses troublantes. Il s'étonnait lui-même de sa facilité de compréhension, et de l'empressement qu'il mettait à les accepter.

« … C'est vraiment extraordinaire », ajouta-t-il en regardant une nouvelle fois le portrait.

Et pourtant, ce n'était pas l'apparition de la salle à manger. Certes, la ressemblance était grande, très grande. Mademoiselle Christina ressemblait beaucoup à Mme Mosco, elle ressemblait aussi à Simina. Mais on pouvait examiner calmement son visage. C'est uniquement durant les premiers instants qu'il l'avait effrayé. Il lui avait alors semblé revoir l'hallucination. Mais ce n'était qu'une impression ; car l'autre répandait une terreur désespérée, que le portrait ne dégageait pas. La torpeur et la mélancolie de la pièce provenaient de contrées autres et parlaient différemment à l'âme.

« J'aimerais un jour essayer de peindre ce tableau, dit Egor, de le peindre à ma manière, pas d'en faire une copie… »

Sanda se rapprocha de lui et le saisit par le bras, effrayée.

« Heureusement que maman ne t'a pas entendu », chuchota-t-elle.

Egor avait parlé assez fort, mais Mme Mosco, assise dans un fauteuil recouvert de toile blanche, n'avait rien entendu, comme à l'accoutumée. Mme Mosco scrutait la pièce des yeux. La vie, ici, palpitait autrement. C'est ici que fuyait toujours sa pensée, encore que ni dans cet espace concret, ni dans ce temps présent. Egor l'avait observée au passage quand elle s'était assise dans le fauteuil, et il avait compris : Mme Mosco revenait inlassablement ici, dans cette chambre, aux événements d'alors.

« … Heureusement qu'elle ne t'a pas entendu, car tu lui aurais fait véritablement mal, poursuivit en un murmure Sanda. Elle ne laisse entrer presque personne ici. Aujourd'hui, elle a fait une exception. Et puis, il y a encore autre chose… »

Mais Simina s'était trop rapprochée d'eux. M. Nazarie s'approchait à son tour, probablement pour leur dire qu'il faudrait se retirer.

« Mais à tantine Christina, cela lui ferait plaisir d'être peinte une nouvelle fois, dit Simina. D'où sais-tu donc que maman ne voudrait pas ?

— Simina, c'est terrible tout ce que tu sais », lui dit Sanda d'un ton très significatif, en la regardant dans les yeux.

Puis elle lui tourna le dos et s'approcha de Mme Mosco.

« *Maman*, nous sommes restés assez longtemps. Il faut s'en aller…

— Vous ne voudriez pas me laisser encore un moment ? » pria-t-elle.

Sanda hocha la tête avec rudesse.

« … Avec Simina, insista encore Mme Mosco.

— Surtout pas avec elle », dit en souriant Sanda.

Elle la prit par le bras. Egor et M. Nazarie suivaient derrière. Ils évitèrent d'abord de se regarder, mais arrivés sur la véranda, ils ne purent longtemps esquiver le regard l'un de l'autre.

Egor alluma une cigarette, après avoir tendu son étui au professeur. M. Nazarie refusa en souriant.

« Je ne crois pas que ce soit *la même chose*, cher maître », dit M. Nazarie.

Au même instant, Sanda s'approcha. La vigueur et la sévérité de tout à l'heure s'étaient effacées de son visage. Sanda était redevenue la demoiselle capricieuse et disponible.

« Sommes-nous prêts à travailler, Monsieur Egor ? » interrogea-t-elle.

M. Nazarie fut content de pouvoir se retirer en un moment aussi neutre.

4

Egor ne travailla point cet après-midi-là. Il promena son chevalet dans différentes allées et s'installa successivement dans plusieurs coins du parc. Finalement, il cacha ses instruments à la racine d'un orme. Puis il commença à se promener avec Sanda.

« C'est dommage de travailler par une journée pareille », lui dit-il.

Il lui demanda ensuite combien de poèmes sur l'automne elle connaissait. Il le lui avait demandé plutôt pour la taquiner, mais il dut l'écouter, étonné – et pas toujours de bon gré –, réciter poème après poème. Il aurait voulu en arriver plus rapidement aux intimités, voire aux confessions. C'est comme cela qu'Egor se préparait à l'amour. Trop miraculeux était l'automne au-dessus d'eux pour qu'il se permît une vulgaire hardiesse. Néanmoins, ces poèmes étaient de trop. Le temps s'écoulait insensiblement. Il devait faire un pas en avant. Il se décida à l'appeler par son nom.

« Sanda, que penses-tu de Nazarie ?

— Je crois que c'est un malin, répondit correctement Sanda, comme si elle n'avait pas remarqué la familiarité d'Egor. Vous avez vu comme il change rapidement de visage ? Jamais il ne ressemble à lui-même… »

Egor se mit à rire. La réponse de la jeune fille l'avait réellement enchanté. Et de surcroît, il avait dévié la conversation sur un plan plus accessible. On pouvait rire et plaisanter. Au bout de l'allée, il la prit par la taille. Elle lui disait encore, peut-être pour plaisanter, « Monsieur Egor ».

Bientôt cependant, ils durent rentrer. C'était l'heure du thé. Simina les attendait devant la véranda, tout en se promenant, indifférente, les yeux baissés sur le gravier. Sur la véranda, Mme Mosco lisait un roman français. M. Nazarie s'était excusé de ne pouvoir venir que le soir pour le dîner. Il s'en était allé vers le village pour examiner quelques tumulus.

Ils prirent tranquillement le thé, seuls Sanda et Egor parlaient. Simina paraissait songeuse. Elle se leva la première, après avoir plié sa serviette à thé et ramassé les miettes dans son assiette.

« Où vas-tu, Simina ? l'interrogea Sanda.

— Chez la nourrice », répondit la petite fille sans se retourner.

Sanda la suivit des yeux jusqu'à ce qu'elle disparaisse entre les arbres.

« Cette amitié ne me plaît pas du tout, dit-elle en s'adressant à Mme Mosco. La nourrice la perturbe avec toutes sortes de sornettes…

— Je lui ai dit moi-même tant de fois la même chose, se défendit Mme Mosco.

— Que lui raconte la nourrice ? demanda Egor.

— Les contes les plus absurdes, répondit Sanda, lasse et énervée.

— C'est précisément maintenant le temps des contes, l'interrompit Egor. Elle n'a que neuf ans. Elle vit dans son folklore… »

Sanda lui lança un regard contrarié. Elle aurait peut-être voulu lui en dire davantage, mais elle se contenta de quelques mots :

« C'est un folklore plutôt étrange, les contes de la nourrice… »

Egor put se convaincre le soir même de l'étrangeté du folklore de la nourrice. Il était parti se promener autour du parc, pour voir le coucher du soleil sur les champs. Appuyé contre un acacia, il regardait s'enfoncer le globe enflammé, « loin et pas très loin ». C'est avec grand plaisir qu'il se remémora le vers populaire. Seul pareil vers peut véritablement dire un crépuscule sur la plaine, songea Egor. Et comme tout l'être demeure pétrifié, quelques instants durant, après l'évanouissement du soleil ! Ensuite, quelle curieuse animation du silence... Si seulement il n'y avait pas tant de moustiques ! se dit Egor en allumant une cigarette pour se protéger.

La cigarette n'avait aucun goût dans cette fraîcheur qui fleurait la poussière et l'herbe. Il la jeta en chemin et se dirigea nonchalamment vers la maison. Il pénétra par une porte latérale dans le parc. À gauche s'étendaient les cours, les dépendances et les jardins potagers. Egor se demanda qui s'occupait de toutes ces affaires domestiques, qui surveillait les serviteurs et les payait, qui vendait les récoltes. Le mari de Mme Mosco était décédé il y avait quelques années ; sa belle-sœur possédait un domaine dans une autre région du pays. Peut-être quelque admirateur, un intendant hérité...

Les lampes s'allumaient. Là-bas, ce sont les cuisines et les communs, songea Egor. Toute une rangée de petites chambres blanches, au seuil bas. Des femmes passaient, un enfant timide regardait, interrogateur, vers les maisons de maîtres. Une odeur fraîche, de foin, de bétail et de lait. La nuit sera splendide, se dit Egor en levant la tête vers le ciel transparent et haut.

« Vous n'avez pas peur des chiens ? »

La voix se fit entendre de manière si inattendue qu'Egor recula d'un pas. Simina était apparue à son côté. Comment a-t-elle fait pour marcher si furtivement, par quel chemin s'est-elle glissée juste derrière mon dos ?

« Mais toi, tu n'as pas peur de te promener seule par ici ? l'interrogea Egor.

— Je suis allée chez la nourrice, répondit calmement Simina.

— Depuis que tu es partie ?

— La nourrice avait des choses à faire, je suis restée à côté d'elle.

— Et elle t'a raconté des histoires, n'est-ce pas ? »

Simina sourit avec arrogance. Elle recueillit une ronce sur sa robe, puis en égalisa les plis. Elle tardait sciemment à répondre.

« Ça, c'est Sanda qui vous l'a dit. Mais c'est vrai. La nourrice me dit chaque jour un nouveau conte. Elle en sait beaucoup…

— Aujourd'hui, c'était un conte très long, si tu as tellement tardé », dit Egor.

Simina sourit à nouveau, avec une gaucherie voulue. Rencontrant son regard, Egor eut le pénible sentiment d'être attiré dans un piège, d'avoir devant lui un esprit retors et vif, pas un esprit d'enfant.

« Le conte a été très bref, répondit Simina, mais la nourrice a préparé les salaires des gens, car c'est elle qui le fait toujours… »

Elle prononça les derniers mots en traînant, attirant exprès l'attention d'Egor sur eux.

Comme si elle avait perçu ses perplexités de tout à l'heure et voulait, incidemment, les dissiper.

Egor se sentit soudain troublé. La fillette devinait ses pensées, les lisait à son insu. Elle avait souligné avec tant de finesse certains mots, puis s'était tue, le regard à terre.

« Un conte bref, très très bref », ajouta-t-elle.

Il était facile de comprendre qu'elle attendait d'être interrogée, elle attendait qu'Egor lui demandât de le lui raconter. Egor essaya de résister à cette tentation, dont il ne savait d'où elle venait. Simina se taisait, empruntée, patiente. Elle avait volontairement ralenti le pas.

« Raconte-le-moi, finit par dire Egor.

— C'est le conte du fils de berger amoureux de la reine morte », commença tranquillement Simina.

Les mots avaient une résonance tellement étrange sur ses lèvres enfantines qu'Egor en tressaillit.

« Quel vilain conte absurde ! s'exclama-t-il soudain, rogue. Sanda avait raison. »

Simina ne fut pas intimidée par l'éclat d'Egor. Elle attendit que sa colère passe, puis reprit de la même voix :

« C'est le conte. Telle était la destinée du fils de berger…

— Tu sais ce que c'est, la destinée d'un homme ? interrogea Egor.

— La destinée, le sort ou le destin d'un homme, répondit promptement Simina comme à la leçon. Chaque homme naît auprès d'une étoile, avec sa chance. C'est cela…

— Peut-être as-tu raison, répliqua Egor en souriant.

— Il était une fois un fils de berger, recommença rapidement Simina, sans plus lui laisser le temps de l'interrompre. Et quand il naquit, les fées lui dirent : Tu aimeras une reine morte ! La mère les entendit et se mit à pleurer. L'autre fée, car elles étaient trois, le prit en pitié et ajouta : Et la reine aussi t'aimera !

— Tu tiens sans faute à me raconter le conte jusqu'au bout ? » l'interrompit Egor.

Simina le toisa, étonnée. Un regard innocent, et en même temps froid et méprisant.

« C'est vous qui m'avez dit de vous le raconter… »

Elle l'écrasa ensuite d'un silence obstiné. Ils se trouvaient au milieu de l'allée principale. Au loin, on entrevoyait les lampes des communs. La grande maison, de l'autre côté, était devenue couleur de cendre dans l'air délavé du soir.

« Tu ne connais pas d'autre conte, plus beau ? demanda Egor pour briser le silence. Par exemple, le conte que la nourrice t'a raconté hier, ou avant-hier… »

Simina se mit à sourire. Elle respira longuement, évitant de regarder à leur droite la masse sombre de la grande maison. Elle était en éveil.

« Le conte d'hier a été très long, dit-elle, et celui d'avant-hier, ce n'était pas un conte, c'était un événement vrai, arrivé à Mademoiselle Christina… »

Egor tressaillit et se sentit soudain effrayé. Non pas à cause de l'obscurité qui était brusquement tombée, surtout ici entre les arbres. Simina semblait avoir fait exprès de s'arrêter là. Ses yeux brillaient, les pupilles dilatées, et la nuque raide, d'une raideur irréelle. Egor avait été terrorisé par la voix de Simina prononçant ses derniers mots. Elle savait toujours accentuer les paroles, leur conférer le sens qu'elle voulait, pour les planter comme un fer rouge dans le cœur.

« Pourquoi l'appelles-tu Mademoiselle Christina ? interrogea Egor avec colère. Jusqu'à maintenant, tu l'appelais tantine, c'est tout de même ta tante…

— C'est elle qui m'a priée de l'appeler ainsi, Mademoiselle, de ne plus lui dire tantine, pour ne pas la vieillir… »

Egor se maîtrisa difficilement ; il ressentait une fureur terrible contre cette petite créature qui lui mentait avec une telle impudence, avec une fourberie aussi diabolique.

« Quand te l'a-t-elle demandé ? interrogea-t-il à nouveau. Comment quelqu'un qui est mort il y a près de trente ans peut-il te demander quelque chose ? »

Sa voix était rude, son regard cruel, mais Simina continuait de sourire. Cela lui faisait tellement plaisir, la fureur d'un homme, d'un homme si grand et si puissant, contre elle qui n'avait pas encore dix ans…

« Elle me l'a demandé cette nuit, en rêve… »

Un instant, Egor hésita, embarrassé. Mais il voulait aller jusqu'au bout, comprendre ce qui se passait dans l'esprit de cette enfant terrifiante.

« Pourtant, aujourd'hui, au salon, poursuivit-il, je t'ai entendue l'appeler tantine Christina. »

À vrai dire, à présent, Egor non plus ne se souvenait plus de l'avoir entendue. Mais son assurance, le sourire victorieux de Simina l'épouvantaient. Il en parlerait sans faute à Sanda, même à Mme Mosco. Il se sentait un peu ridicule, au milieu de l'allée, dans l'obscurité, s'efforçant de confondre une petite fille. Il voulut tourner brusquement la tête vers la maison et faire le premier pas de retour, car Simina n'avait plus bougé depuis bien des minutes. Alors, la petite fille se jeta dans ses bras, épouvantée, en criant. Egor s'effraya davantage de son cri et la souleva. Simina l'attrapa par le visage, le serrant contre sa joue.

« Il m'a semblé que quelqu'un venait de par là-bas… » murmura-t-elle.

Elle indiquait l'autre côté du parc. Elle obligea Egor à regarder vers là-bas, longtemps, pour la tranquilliser.

« Il n'y a personne, petite fille, lui dit Egor, confiant. Tu t'es fait peur toute seule… Et comment ne pas avoir peur en écoutant chaque jour un conte absurde ?… »

Il la tenait encore dans ses bras, la caressant. C'était tout de même curieux, son cœur ne battait nullement d'effroi. Et son corps était calme, chaud, cordial. Pas le moindre frisson de peur, pas la moindre goutte de sueur. Son visage était serein, bien composé. Egor comprit soudain qu'il avait été trompé, que Simina avait fait semblant d'être terrorisée et lui avait sauté dans les bras uniquement pour l'empêcher de tourner la tête vers la maison. Quand il le comprit, une fureur mêlée d'horreur l'envahit. Simina sentit immédiatement le changement dans les muscles d'Egor, dans son pouls.

« Posez-moi par terre, je vous en prie, murmura-t-elle. C'est passé maintenant...

— Pourquoi m'as-tu menti, Simina ? interrogea Egor, avec une fureur glacée. Tu n'as rien vu, n'est-ce pas ? Tu n'as rien vu, du moins *par là-bas...* »

Il montra le bout du parc. Mais son bras tremblait encore, et il le retira rapidement. Pas assez vite cependant pour que Simina n'observât rien. La petite fille le regarda en souriant, sans lui répondre.

« ... Peut-être as-tu vu quelque chose de l'autre côté », poursuivit Egor.

Néanmoins, il ne regarda pas du côté de la maison. Il avait dit « l'autre » sans se retourner, sans montrer du bras tendu comme il l'avait fait en direction du bout du parc. Il était d'autant plus dépité que Simina semblait deviner même ses peurs et ses doutes les mieux cachés.

« Quelque chose que tu ne voulais pas que je voie », ajouta Egor.

Il avait véritablement peur. Simina était devant lui, les mains au dos, serrant les lèvres pour ne pas rire. Cette moquerie ne parvenait cependant pas à dissiper dans le cœur d'Egor la terreur indéfinie qui l'avait étreint.

« Vous pouvez vous retourner sans crainte, dit Simina, l'invitant d'un geste de la main à regarder de l'autre côté. Vous êtes un homme, vous ne pouvez pas avoir peur… comme moi », ajouta-t-elle les yeux à terre.

Puis elle se dirigea brusquement vers la maison. Egor la suivit, les dents serrées et le souffle rapide, haletant.

« Tu sais que je vais tout dire, Simina ! la menaça-t-il.

— Je m'y attendais, Monsieur Egor, dit Simina sans se retourner. Je vous prie de m'excuser si, ayant eu peur, j'ai sauté dans vos bras. Maman ne me pardonnera pas facilement cette impolitesse. Vous avez raison de rapporter… »

Egor la saisit par le bras et la tira brutalement à lui. La fillette s'abandonna sans la moindre résistance.

« Tu sais très bien que je parle d'autre chose », murmura-t-il en se rapprochant et en prononçant solennellement ces mots.

Mais il lui aurait été difficile de dire de quoi il parlait. Il ne savait qu'une chose : que Simina n'avait pas eu peur et qu'elle l'avait contraint de regarder de l'autre côté du parc pour qu'il ne voie pas *quelque chose* qu'elle avait vu… Mais elle, pourquoi n'avait-elle pas eu peur ?

« … C'est vrai, j'ai eu peur pour rien », dit Simina.

Ils arrivèrent devant la véranda. D'habitude, Egor montait dans sa chambre pour se laver les mains avant de passer à table. Aujourd'hui, il renonça à une chose aussi compliquée. Il entra dans la pièce à côté de la salle à manger, où les enfants se lavaient les mains. M. Nazarie semblait l'attendre, sur le seuil.

« Si vous n'avez rien à faire après dîner, venez donc vous promener un moment, lui dit-il en s'approchant de lui. J'ai certaines choses intéressantes à vous dire, que j'ai apprises au village…

— Et moi aussi, j'ai quelque chose de tout aussi intéressant à vous dire », répliqua Egor en souriant.

Bien entendu, sa terreur et sa colère du parc s'étaient envolées comme par enchantement. Il regrettait même d'avoir perdu son calme devant une enfant. Simina cache des choses plus graves, songeait-il, il faut que je me comporte avec plus de doigté. Mais ce n'était pas des pensées aussi sages qui l'avaient tranquillisé, c'était la lumière qu'il avait trouvée dans la maison, la présence d'êtres sains et vivants.

Ils s'installèrent à table. Egor regardait de temps en temps Simina. Il rencontrait toujours les mêmes yeux innocents, la même assurance bien cachée. Elle croit que je ne dirai rien, que je ne la trahirai pas, songeait Egor. Il préparait bien son coup. Sanda était à côté de lui et semblait un peu fatiguée.

« Je ne me suis pas sentie très bien aujourd'hui », s'excusa-t-elle.

M. Nazarie parla de ses observations, des tumulus et de la difficulté des fouilles faites au hasard. Il n'avait cependant ni la verve ni l'enthousiasme de naguère. Il parlait plutôt pour indiquer comment il avait passé sa journée et pour empêcher le silence de s'installer définitivement.

« Savez-vous que Simina m'a raconté un conte que sa nourrice lui a dit aujourd'hui même ? » commença Egor.

Sanda rougit brusquement et se tourna vers sa sœur.

« Ce n'est que tard que j'ai appris que la nourrice n'était pas là cet après-midi, qu'elle était partie à Giurgiu faire des achats, dit Sanda. Simina, tu seras sévèrement punie !… »

Egor ne savait plus qui regarder. Mme Mosco s'était légèrement éveillée de son engourdissement habituel.

« Et alors, notre conte d'aujourd'hui, Demoiselle Simina ? » interrogea méchamment Egor.

Il sentit à ce moment la grande volupté qu'il y avait à se venger d'un enfant, à le tourmenter quand on l'a en son pouvoir. Simina le regardait cependant avec un tel dédain que le courroux d'Egor se ralluma.

« C'est un conte que je sais depuis longtemps, répondit-elle poliment.

— Alors pourquoi as-tu menti sans raison ? interrogea Sanda.

— Réponds sans crainte, ma petite fille, intervint Mme Mosco. N'aie pas peur du châtiment. Si tu as mal agi, parle avec courage.

— Je n'ai pas peur du châtiment, dit calmement Simina, mais je ne peux pas répondre... »

Elle regarda Sanda dans les yeux avec la même sérénité et la même assurance exaspérante. Sa sœur éclata :

« Pour le moment, tu vas te coucher sans dessert et tu vas quitter la table tout de suite. Sofia va te conduire dans ta chambre... »

Simina sembla un instant perdre contenance ; elle était devenue pâle, serra les lèvres, chercha l'aide de Mme Mosco. Mais Mme Mosco haussa les épaules en souriant. Alors Simina se leva, retrouva son sourire méprisant et, après avoir dit « bonsoir », déposa un baiser sur la joue de Mme Mosco et s'en alla dans sa chambre.

« Je regrette beaucoup pour notre petite demoiselle, dit M. Nazarie. Elle est si bonne et si petite… Peut-être n'aurait-elle pas mérité pareille punition.

— Je le regrette aussi, car je sais combien elle est sensible, dit Sanda, mais il faut absolument la déshabituer de mentir pour rien… »

Mme Mosco l'approuva d'un hochement de tête. Néanmoins, cette scène lui avait quand même fait mal, car c'est à peine si elle prononça encore un mot jusqu'à la fin du repas,

« Tu es convaincu à présent des contes qu'elle écoute », ajouta Sanda pour Egor.

Le peintre frémit, comme saisi d'épouvante. Il se demandait cependant si Sanda comprenait tout ce qui se passait avec sa sœur.

« Ce qui est plus grave, dit Egor, c'est que j'ai l'impression qu'elle n'écoute pas tous ces contes. Elle en invente beaucoup elle-même… »

Il s'aperçut au moment même où il prononçait ces mots qu'il commettait une bourde. Sanda le regardait pétrifiée, sévère.

5

Restés seuls, Egor et M. Nazarie se dirigèrent vers la porte. Ils marchèrent longtemps sans prononcer ni l'un ni l'autre une seule parole. Soudain, M. Nazarie se décida.

« Seriez-vous très fâché si je vous posais une question très intime ? Par exemple, si vous êtes vraiment amoureux de Sanda ?... »

Egor hésita à répondre. Il était moins surpris de la question indiscrète du professeur qu'embarrassé par la réponse à donner. À sincèrement parler, il ne savait pas lui-même s'il était vraiment amoureux de Sanda, comme le lui avait demandé M. Nazarie en soulignant le mot. La jeune fille lui plaisait beaucoup. Une aventure, voire un amour, c'était ce qu'il recherchait avec joie. Sanda était très proche de son art, avec ses ambitions inavouées. Il lui aurait été difficile de répondre sincèrement.

« Je vois que vous hésitez, reprit M. Nazarie. Je ne voudrais pas interpréter autrement votre silence, penser que mes paroles plutôt brutales vous ont peiné… Mais si vous n'êtes pas sincèrement amoureux de Mlle Mosco, je vous conseillerais de partir au plus vite d'ici. Alors, je partirais moi aussi, peut-être même demain, avant vous… »

Egor s'arrêta, comme pour mieux prendre la mesure des paroles du professeur.

« Il s'est passé quelque chose de tellement grave ? interrogea-t-il à mi-voix.

— Pour l'instant, rien. Mais cette maison ne me plaît pas, pas du tout. C'est un lieu maudit. Je l'ai senti dès le premier soir. Rien n'est sain ici. Pas même ce parc artificiel, un parc d'acacias et d'ormes semés de main d'homme… »

Egor se mit à rire.

« Jusqu'à présent, il n'y a rien de grave, dit-il. Je peux même allumer tranquillement une cigarette… »

M. Nazarie le regarda faire, étonné.

« Rien que cette cigarette pourrait vous rappeler des choses, poursuivit-il. Avez-vous oublié la pénible scène de cette nuit ?

— Je l'avais presque oubliée. Aujourd'hui cependant, quelque chose s'est passé qui me l'a remise en mémoire. Je vais vous le dire tout de suite…

— Je vois que vous êtes amoureux et que vous ne voulez pas partir. Je ne vous reproche rien. Je crains toutefois que ce ne soit dur, très dur… Au moins, croyez-vous en Dieu, priez-vous la Vierge, vous signez-vous le soir avant de vous coucher ?

— Jamais.

— C'est grand dommage. Vous devriez apprendre au moins cela…

— Mais finalement, qu'avez-vous appris de si grave au village ?

— Presque rien. Je sens néanmoins combien cette maison me pèse, et je ne me trompe jamais. Je n'en tire point vanité, mais je ne me trompe pas. J'ai vécu longtemps seul, tout près de la glèbe, cela avant de commencer les fouilles. Je suis presque fils de paysan. Mon père était sergent de gendarmerie dans un village près de Ciulnitsa. Inutile de me regarder comme ça, parce que je n'ai plus de cheveux et que j'ai une tête de pion. Je sens très bien ces choses-là. Je suis moi aussi poète à ma manière ; je n'ai écrit des vers qu'au lycée, mais je suis resté poète… »

Egor écoutait ébahi cette volubilité nerveuse et incohérente de M. Nazarie. Le professeur s'enfonçait lui-même dans une mer de paroles, de souvenirs et de sentiments, dont il ne parvenait plus à sortir. Au début, ses mots étaient décidés et pesés. Insensiblement pourtant, un début de délire embrasait ses propos. Sa voix était plus étranglée, son souffle plus court. Pourquoi me raconte-t-il tout cela ? Pour excuser son départ, pour le préparer ?

« Monsieur le Professeur, l'interrompit Egor calmement. Vous, vous avez peur de *quelque chose…* »

Il accentua le mot sans le vouloir, comme il l'avait fait quelques heures auparavant en parlant à Simina. Et en le soulignant, il ressentit un frisson étranger, absurde, courir le long de son dos.

« Oui, oui, bégaya M. Nazarie. J'ai aussi peur. Mais cela n'a aucune importance…

— Je crois que ça en a, dit Egor davantage pour lui-même. Nous sommes des adultes en pleine possession de nos moyens, et nous perdons la tête… Je tiens à vous dire d'emblée que je n'ai nullement l'intention de partir. »

Sa propre voix, dure et sûre, quand il prononça la dernière phrase, lui plut. La décision prise lui redonna courage et une confiance accrue en lui-même. Il prenait plaisir à s'écouter. Au fond, nous ne sommes pas des enfants…

« Je ne sais dans quelle mesure je suis amoureux de Mlle Mosco, ajouta-t-il de la même voix virile, mais je suis venu ici pour un mois entier, et j'y resterai. Ne serait-ce que pour mettre mes nerfs à l'épreuve… »

Il se mit à rire, toutefois sans grand succès. Les choses qu'il disait étaient solennelles.

« Bravo, jeune homme, dit M. Nazarie, enthousiasmé. Je ne voudrais toutefois pas que vous croyiez que j'ai si peur que je n'en suis plus capable de raisonner. En examinant bien les choses, je ne vous conseillerais pas de rester. Et j'ajoute : je ne me le conseillerais pas à moi non plus, de rester.

— Il serait pourtant pénible de partir comme cela, subitement…

— Je ne serais pas le premier invité à quitter les lieux au bout de deux jours, déclara M. Nazarie en regardant à terre. J'ai appris des choses tristes et étranges, jeune homme, au village…

— Ne m'appelez plus jeune homme, l'interrompit le peintre, appelez-moi Egor.

— Bon, c'est comme ça que je vous appellerai, se soumit M. Nazarie en souriant. (Il souriait pour la première fois cette nuit-là.) Vous savez, commença-t-il en regardant une nouvelle fois aux alentours pour se convaincre que personne ne l'épiait, ce n'est pas très clair, cette histoire de Mademoiselle Christina. Cette jolie demoiselle n'a pas fait tellement honneur à sa famille. Les gens racontent un tas de choses…

— Ce sont des paysans, ils sont comme ça, dit Egor sentencieusement.

— Moi je les connais mieux, poursuivit M. Nazarie. On n'invente pas si facilement pareille légende, avec autant de détails odieux. Car ce sont vraiment des détails odieux… Pouviez-vous vous imaginer que cette fille de boyards faisait battre les paysans au fouet, devant elle, par l'intendant, fouetter jusqu'au sang ? Et c'est elle qui leur arrachait la chemise… et combien d'autres choses encore… D'ailleurs, elle vivait avec l'intendant, tout le village le savait. Et cet homme, il était devenu comme un fauve, d'une cruauté maladive, inimaginable… »

M. Nazarie s'arrêta. C'en était trop pour lui de raconter tout ce qu'il avait entendu, tout ce que lui avaient chuchoté les hommes à la taverne, puis en chemin en le raccompagnant. Surtout ce détail, celui des poussins à qui la demoiselle tordait le cou vivants, il ne pouvait le répéter. Même s'il ne pouvait tout croire, c'étaient des détails féroces qui lui avaient glacé le sang.

« Qui l'eût cru !… dit Egor, pensif. D'après son visage, impossible en tout cas de soupçonner une telle âme. Mais peut-être tout n'est-il pas vrai. Trente ans ont passé depuis, les gens ont oublié et ils ont quelque peu confondu avec les légendes…

— Peut-être… En tout cas, le souvenir de Mademoiselle Christina est demeuré vivant au village. Aujourd'hui encore, les enfants ont peur en entendant son nom. Et puis, sa mort, sa mort aussi donne à réfléchir. Parce que ce ne sont pas les paysans qui l'ont tuée, c'est l'intendant avec lequel elle vivait depuis quelques années (à se demander quel diable la possédait, qu'elle prenne le chemin de la débauche et de la cruauté dès seize, dix-sept ans). Et l'intendant l'a tuée par jalousie. Les jacqueries avaient commencé[1], et… »

---

1. De vastes soulèvements paysans ont secoué la Roumanie en 1907. (N. du T.)

M. Nazarie s'arrêta, gêné. Il n'osait pas poursuivre. Les agissements de la demoiselle lui paraissaient vraiment trop diaboliques, trop inhumains.

« Impossible d'en dire davantage ? murmura Egor.

— Si, c'est possible... Mais c'est terrifiant. Les gens disent que des paysans étaient venus d'autres domaines, et elle les a appelés deux par deux, dans sa chambre à coucher, pour leur distribuer toutes ses richesses, en bonne et due forme, à condition seulement qu'ils ne la tuent pas... En fait, elle se laissait violer tour à tour par tous. Elle les y invitait, elle-même. Elle les recevait nue, sur le tapis, deux par deux. Jusqu'à ce que l'intendant vienne et lui tire dessus. Il a raconté à tout le village comment il l'avait tuée, mais ensuite, il a été fusillé à son tour, quand l'armée est arrivée ; les hommes ont été en partie tués, d'autres, comme vous le savez, ont été envoyés au bagne... Personne n'a rien su. Cependant, la famille, les proches, les amis d'alors ont rapidement appris ce qui s'était passé.

— Incroyable », chuchota Egor.

Il alluma une autre cigarette. Il était nerveux, ému.

« Pareille femme laisse des traces dans une demeure, continua M. Nazarie. C'est pour cela que je sens quelque chose peser, que je me sens inquiet, abattu... Et quand on songe que l'on n'a même pas retrouvé le corps pour l'enterrer, ajouta M. Nazarie après une courte pause durant laquelle il s'était sans doute demandé s'il fallait ou non dévoiler encore ce détail.

— On l'aura jeté quelque part, dans un vieux puits abandonné, dit Egor, ou peut-être, sait-on jamais, aura-t-il été brûlé…

— Peut-être, murmura M. Nazarie, songeur. Bien que les paysans ne brûlent guère les cadavres… »

Il s'arrêta et regarda autour de lui, tendu et apeuré. Les arbres du parc étaient restés loin derrière. Ici s'ouvraient les champs, labourés par endroits, noyés dans un sombre lointain. Nulle part on ne percevait l'horizon, ce n'était qu'un absurde entrelacement d'ombres.

« Ce n'est guère l'endroit pour parler de cadavres », déclara Egor.

M. Nazarie fourra les mains dans ses poches, nerveux. C'était comme s'il n'avait pas entendu la remarque d'Egor. Il suivait une idée, ou peut-être hésitait-il à compléter ses révélations. Il absorbait l'air à son habitude, la bouche grande ouverte, le front en arrière. Et pourtant, il se sentait si bien dans cette nuit fraîche, sans arbres autour de lui, sans lune au-dessus de lui…

« En tout cas, elle est curieuse, la disparition de Mademoiselle Christina, reprit M. Nazarie. Les gens prétendent qu'elle s'est faite goule… »

Il avait parlé d'un ton très naturel, sans le moindre tressaillement dans la voix. Mais il regardait vers le haut, vers le ciel. Egor se maîtrisa, s'efforçant de sourire.

« J'espère que vous ne croyez pas vous aussi la même chose, dit-il avec une certaine ironie dans la voix.

— Je ne me suis jamais posé de telles questions, répondit M. Nazarie. Je ne sais si je dois ou non croire à pareille abomination… en fait, qu'importe… »

Egor s'empressa de l'aider.

« Moi aussi, je pense la même chose », dit-il.

Il se rendait compte qu'il mentait, qu'il disait tout à fait autre chose que ce qu'il voulait dire, mais il sentait qu'en un tel moment, il fallait croire la même chose que M. Nazarie.

« … Il n'en demeure pas moins vrai que tous ces événements ont changé et la maison, et la famille Mosco, ajouta M. Nazarie. Je ne me sens pas bien là-bas… Peut-être que tout ce que je viens de vous raconter, ce ne sont qu'élucubrations de village, mais je ressens la même chose, quelque chose qui me pèse là-bas… »

Il tendit le bras vers le parc. Il lui sembla à ce moment précis voir tant de choses terrifiantes qu'il recommença à parler plus vite, plus vite, plus précipitamment, l'haleine courte.

La peur l'envahit, remarqua Egor. Il s'étonna de sa propre lucidité. Il était assez près de M. Nazarie, d'un homme submergé par l'effroi, et il l'observait plutôt sereinement, il pouvait même l'analyser. Il n'osait tout de même pas regarder du côté du parc. Le bras tendu, un seul instant, de M. Nazarie l'avait épouvanté bien davantage que toutes ses paroles terrifiées. Peut-être voit-il lui aussi quelque chose là-bas, songea Egor, peut-être voit-il la même chose que Simina… Cependant, il était encore lucide ; seule une très légère inquiétude fit frémir son âme.

« Vous ne devriez pas avoir peur ! dit-il soudain, interrompant l'effusion de M. Nazarie. Arrêtez de regarder par là, vers la maison… »

M. Nazarie ne voulait pas, ou ne pouvait pas, l'écouter. Il restait les yeux fixés sur le parc. Il regardait de tout son être crispé, il attendait…

« Et pourtant, il y a quelque chose qui vient de là-bas », dit-il.

Egor tourna lui aussi la tête. L'ombre du parc lui parut soudain lointaine, dense. Il n'y avait rien par là. On ne voyait rien, sinon un minable scintillement vers la gauche, là où se trouvaient les maisons.

« Personne ne vient », dit-il virilement.

Au même moment, il entendit un hurlement qui lui glaça le sang dans les veines. Un hurlement de chien éperdu ; lugubre, infernal. Puis les gémissements se rapprochèrent. Un bruit sourd, de fauve pourchassé, au souffle court. De l'obscurité jaillit un grand chien gris qui se lança entre leurs jambes, les oreilles aplaties, tout tremblant et jappant. Il se jeta à leurs pieds, frétillant, collant son museau à leurs chevilles, leur léchant les mains tout en geignant. De temps à autre, il se relevait et se mettait à hurler. Le même hurlement d'épouvante, incompréhensible.

« Lui aussi a eu peur, murmura Egor en le caressant. Lui aussi a eu peur, le pauvre… »

Mais cela lui faisait du bien de sentir ici, à ses pieds, un animal chaud, vivant, puissant. Cela lui faisait du bien sur ce champ ouvert de tous côtés – et de nouveau clos dans le lointain par la route embuée des confins.

6

Egor rêva cette nuit-là l'un de ses rêves habituels, inintéressants et fort peu dramatiques. Amis d'études, parents, voyages sans but, dialogues sans la moindre logique. Cette fois-ci, il se rêva quelque part dans une ville de France, dans une pièce étrangère, en train d'écouter – appuyé contre la porte – la conversation de l'un de ses professeurs et d'un jeune homme, un inconnu.

Il était question d'une récente exposition de peinture et de caisses.

« J'aime les lourdes caisses, pleines de choses cachées, étranges, exotiques, commença le jeune inconnu. Je les contemple toujours avec émotion, à les voir ainsi fermées dans les échoppes ou sur les quais, renfermant qui sait quel fardeau ou quel trésor dans leurs parois de bois… »

Dès les premiers mots, Egor comprit. L'inconnu qui parlait était en fait son ami Radu Prajan, mort depuis longtemps, mort dans un stupide accident de rue. Il l'avait reconnu à sa voix et à l'émotion qu'il témoignait en parlant de caisses. C'est ainsi que s'exprimait Prajan dans la vie ; il aimait les huiles, les couleurs, pour leurs odeurs compliquées et fortes, des odeurs « techniques », « synthétiques », pour ces odeurs qui lui rappelaient des boîtes, des caisses, toutes ces choses ramenées de quelque part au loin, d'un port exotique ou d'une fabrique… Pourtant, comme il était changé à présent, Radu Prajan… N'eussent été sa voix et ses mots, Egor n'aurait pu le reconnaître. Ses cheveux étaient longs, si longs qu'il semblait maintenant avoir des boucles sur les épaules. À chaque mouvement de la tête, ils flottaient sur ses joues, recouvrant presque ses oreilles. Il n'arrêtait pas de parler au professeur, sans prêter attention à Egor. L'impatience d'Egor s'accroissait à chaque parole prononcée. Il est quand même mort, songeait-il, Prajan est mort depuis longtemps. C'est peut-être pour cela qu'il hésite à se tourner vers moi, à me reconnaître. Et ces cheveux longs, féminins, il les a laissés pousser aussi pour ne pas être reconnu.

Mais juste à cet instant, brusquement, avec un geste de frayeur, Prajan se retourna vers Egor et se rapprocha de lui en un seul pas.

« Parce qu'il a été question de toi, dit-il rapidement, garde-toi bien, car tu cours un grand danger…

— Oui, je comprends, murmura Egor. Je sais ce que tu veux me dire… »

À présent, c'était bien les yeux de Prajan. Son visage commençait à ressembler à celui d'autrefois, au vrai. Seuls ses longs cheveux, contre nature et bien trop longs pour un homme…

« Moi aussi je me garde, ajouta Prajan en secouant sa chevelure. Tu vois, personne ne peut rien contre moi grâce à cette pèlerine… »

C'était vrai, Prajan s'était maintenant éloigné vers le haut, semblait-il, car Egor leva la main sans pouvoir l'atteindre. Il le voyait près de lui, mais il le *sentait* pourtant loin, très haut, inaccessible. Et au même moment, il comprit que Prajan lui aussi s'était reculé de peur, comme chassé par une puissance invisible. Auprès de Prajan il y avait aussi maintenant le professeur et encore quelques inconnus – tous épouvantés par quelque chose qui se passait sous leurs yeux, quelque chose qui se passait peut-être précisément dans le dos d'Egor, car Egor ne voyait rien, tout en les regardant, éperdu de leur effroi, de leur brusque éloignement. Autour d'Egor, les objets s'évaporaient, s'effaçaient. La peur commença à s'insinuer en lui aussi. Il tourna la tête et aperçut à son côté Mademoiselle Christina en personne. Elle lui souriait, comme sur le tableau de Mirea. Mais elle semblait autrement habillée ; elle portait une robe bleue, avec des franges et beaucoup de dentelles. Elle avait des gants noirs, longs, qui rendaient ses bras encore plus blancs.

« Partez ! » ordonna Mademoiselle Christina en se renfrognant et en levant lentement le bras en direction de Prajan.

Egor ressentit un terrible vertige en entendant sa voix. Elle différait de toutes les autres voix entendues en rêve. Comme si elle venait *d'ailleurs*, d'un autre monde – et Egor vacilla comme s'il s'apprêtait à s'éveiller. Mais Mademoiselle Christina le saisit par le bras et lui chuchota à l'oreille :

« Doucement, mon chéri, n'aie pas peur. Tu es chez toi dans ta chambre, chez *nous*, mon amour… »

En effet, le décor avait brusquement changé. Au commandement de Mademoiselle Christina, les ombres s'étaient évanouies, évanoui le visage changé de Prajan, fondus les murs de la pièce étrangère. Egor regarda autour de lui, ahuri. Il cherchait la porte contre laquelle il s'appuyait quelques minutes auparavant. Incompréhensiblement, tout avait disparu. Il se trouvait dans sa chambre. Il reconnaissait avec stupéfaction chaque objet. Mais il y avait une lumière singulière, qui n'était ni celle du jour, ni celle d'une lampe.

« Je t'attends depuis si longtemps, murmura à nouveau Mademoiselle Christina, depuis si longtemps j'attends un homme comme toi, un homme jeune et beau… »

Elle s'était tellement rapprochée qu'Egor sentit un insupportable parfum de violette l'envelopper. Il voulut s'écarter d'un pas, mais Mademoiselle Christina le saisit par le bras et le retint.

« Ne me fuis pas, Egor, n'aie crainte parce que je suis morte… »

Mais Egor n'avait pas peur de parler à une morte, il était plutôt gêné par sa proximité si chaleureuse, par son parfum trop fort de violette, par sa respiration si *féminine*. Mademoiselle Christina était émue, elle était impatiente – car elle respirait comme une femme troublée auprès d'un homme.

« Que tu es beau, que tu es pâle », continua Christina.

Elle se penchait vers lui avec tant d'insistance qu'Egor n'avait plus où se retirer. Il enfonça la tête dans l'oreiller, c'est tout. Car il venait tout juste de s'apercevoir qu'il dormait dans son lit et que Mademoiselle Christina se penchait sur lui, essayant de l'embrasser. Il attendait avec terreur de sentir ses lèvres sur sa bouche ou sur sa joue. Mais Christina se contenta d'approcher très près son visage de son front, rien de plus.

« Non, toi *je ne veux pas*, murmura-t-elle, je ne t'embrasse pas comme ça… J'ai peur de moi, Egor… »

Elle se retira tout à coup, s'arrêtant à quelques pas du lit, et le regarda longuement. Elle semblait lutter avec elle-même, essayer de maîtriser un élan aveugle, puissant. Elle se mordait les lèvres. Egor commençait à s'étonner d'être si calme auprès d'une morte. Heureusement que toutes ces choses se passent en rêve, pensa-t-il.

« Mais ne crois pas tout ce que t'a dit Nazarie, poursuivit Mademoiselle Christina en se rapprochant à nouveau du lit. Ce n'est pas vrai, je n'ai pas fait tout ce que racontent les gens à mon propos… Je n'étais pas un monstre, Egor. Les autres, peu m'importe ce qu'ils croient ; mais je ne veux pas que toi aussi tu croies ces choses absurdes. Ce n'est pas vrai, tu me comprends, mon chéri ? ce n'est pas vrai… »

Avec quelle clarté résonnaient ses paroles dans la chambre ! Si jamais quelqu'un nous entendait, on irait croire que j'ai passé la nuit avec une femme, songea Egor. Il se rappela au même moment que tout se passait en rêve et il se tranquillisa, souriant.

« Comme tu es beau quand tu souris », dit Christina en s'asseyant sur le rebord du lit.

Elle ôta lentement un gant et le lança par-dessus la tête d'Egor, sur la table de nuit. L'odeur de violette s'était faite encore plus pénétrante. Quel mauvais goût, se parfumer de la sorte… Il sentit soudain une main chaude lui caresser la joue. Tout son sang se figea, car la sensation de cette main chaude – d'une chaleur irréelle, inhumaine – était effroyable. Egor voulut hurler de terreur, mais il n'en trouva pas la force, sa voix s'éteignit dans sa gorge.

« N'aie pas peur, mon amour, murmura alors Christina. Je ne te ferai rien. *À toi*, je ne te ferai rien. Toi, je t'aimerai uniquement... »

Elle parlait doucement, lentement, parfois avec beaucoup de mélancolie dans la voix. Elle le regardait, insatiable, affamée. Et pourtant, parfois, une ombre de tristesse infinie descendait dans ses yeux vitreux.

« ... Je t'aimerai comme jamais mortel n'a été aimé », ajouta Christina.

Elle le regarda quelques instants en souriant. Puis sa voix s'éleva de nouveau, plus mélodieuse, mieux rythmée :

« J'ai mal de ton amour cruel
Auquel s'enflamme mon sein
Mes yeux se blessent à ce feu
Ton regard me consume... »

Dès la première phrase, Egor sentit un trouble incompréhensible l'envahir. Ces mots-là, il les avait déjà entendus si souvent. À présent, il se souvenait trop bien : Eminesco, *Hypérion*[1]. Et avant, c'était encore

1. Mihaïl Eminesco (1850-1889), le plus grand des poètes romantiques roumains. (N. du T.)

Eminesco qu'avait cité Mademoiselle Christina. Son poète favori d'alors, se dit Egor.

« N'aie pas peur, Egor, mon amour, répéta une fois encore Christina en se levant du lit. Quoi qu'il arrive, n'aie pas peur de moi. Avec toi, je me comporterai différemment, autrement… Ton sang m'est trop précieux, mon chéri… D'ici, de mon monde, je viendrai chaque nuit vers toi ; d'abord *pendant ton sommeil*, Egor, puis dans tes bras, mon amour… N'aie pas peur, Egor, crois en moi… »

En cet instant, Egor s'éveilla brusquement. Il se souvenait avec une précision extraordinaire de chaque détail du rêve. Il n'était plus effrayé. Tout son être était bouleversé comme après un grand effort. Ce qui l'étonna d'abord, ce fut le puissant parfum de violette. Il se frotta les yeux, se passa à plusieurs reprises la main sur le front, mais le parfum persistait, lui donnant le vertige. Il aperçut soudain, près de lui, le gant noir de Mademoiselle Christina. Je ne me suis pas éveillé du rêve, se dit-il épouvanté. Il faut que j'essaie de faire quelque chose, que je m'éveille. Je deviendrai fou si je ne me réveille pas. Il s'étonnait lui-même de la lucidité de sa réflexion. Il attendait avec un prodigieux espoir de s'éveiller. Il sentait pourtant sa main sur son front ; il se surprit à se tâter. Donc, il ne dormait pas ; il ne rêvait pas. Il se mordit très fort la lèvre inférieure. Il sentit la douleur.

Il aurait voulu en cet instant sauter du lit et allumer la lumière. Mais il reconnut, à deux pas de lui, debout, immobile, la silhouette de Mademoiselle Christina. L'apparition le cloua sur place dans le lit. Egor serra doucement les poings, les rapprochant de son corps. Il les sentait. Aucun doute : il ne dormait plus. Il avait peur de fermer les yeux, alors il regarda quelques instants à terre, puis tourna à nouveau le regard vers Mademoiselle Christina. Elle était toujours là, le suivant de ses yeux plombés, lui souriant, l'enveloppant de son odeur de violette. Elle commença à bouger. Notre Père qui êtes aux cieux, Dieu, mon Dieu !... Ces mots jaillirent brusquement dans l'esprit d'Egor, d'on ne sait quelle prière enfantine, et il les répéta le souffle court. Mademoiselle Christina s'arrêta et son sourire parut devenir plus triste, plus désespéré. Egor se rendit compte qu'elle savait qu'il priait ; elle avait tout deviné. *Elle sait que je me suis réveillé*, et elle ne part pas... Christina fit encore un pas. Le bruissement de sa robe de soie s'entendait avec une clarté extraordinaire. Pas la moindre nuance, pas le moindre détail ne se perdait. Les pas de Mademoiselle Christina se plantaient dans le silence de la chambre avec une assurance parfaite. Des pas de femme, moelleux, si vivants, émouvants. Quand elle s'approcha du lit, Egor sentit à nouveau son corps et ressentit la même sensation de chaleur artificielle, repoussante. Toute sa chair se ramassa, comme dans un spasme. Sans cesser de le fixer dans les yeux, comme si elle voulait le convaincre au-delà de toute incertitude de sa présence concrète, vivante, Mademoiselle Christina passa près de lui et ramassa son gant sur la petite table. À nouveau le bras nu, l'odeur de violette. Puis le tressaillement du gant qui habille la main, qui monte légèrement, élégamment, vers le coude... Mademoiselle Christina continua de le regarder tout le temps qu'elle remit son gant. Ensuite, du même pas féminin, gracieux, elle s'approcha de la fenêtre. Egor n'eut pas le courage de la suivre. Il resta les poings serrés près du corps, raide, couvert de sueur froide, seul dans l'obscurité. Pour la première fois de sa vie, il se sentait terriblement seul, maudit. Personne ni rien de l'autre monde ne pouvait venir jusqu'à lui, l'aider, le sauver... Longtemps il n'entendit plus rien. Il se rendit compte qu'il essayait de se leurrer lui-même, car il *savait* l'instant précis où Mademoiselle Christina avait quitté la chambre. Il avait senti disparaître de l'espace sa présence terrifiante ; il l'avait senti à son sang, à son propre souffle. Il avait néanmoins continué d'attendre, sans avoir suffisamment de courage pour tourner la tête vers la fenêtre. La porte du balcon était ouverte. Peut-être était-elle restée encore là-bas, peut-être n'était-elle pas partie, peut-être s'était-elle seulement cachée. Il savait pourtant qu'il avait peur pour rien, que

Mademoiselle Christina n'était plus ni dans la chambre, ni sur le balcon.

Brusquement, il se décida. Il sauta du lit et alluma la lampe de poche. Il chercha fébrilement des allumettes. Il alluma la grande lampe. La lumière trop puissante effraya un immense papillon de nuit, qui se mit à voler désespérément, en se cognant aux murs. Egor prit la lampe de poche et sortit sur le balcon. La nuit s'achevait. Quelque part, très près, on pressentait l'aurore. C'était une buée froide, un air pétrifié. Pas un arbre ne frémissait. Pas le moindre bruit nulle part. Il eut soudain peur de sa solitude, et il frémit. Ce n'est qu'alors qu'il sentit vraiment comme il faisait froid. Il éteignit la lampe et rentra dans la chambre. Une puissante odeur de violette le frappa.

Le papillon continuait de se débattre, se heurtant avec des bruits sourds aux murs, touchant parfois le verre de lampe. Egor alluma une cigarette. Il la fuma avidement, sans penser à rien. Puis il se releva et ferma la porte du balcon. Le sommeil ne vint clore ses paupières que lorsque le jour fut déjà bien levé et que les coqs eurent chanté pour la dernière fois.

7

La femme frappait vainement à la porte. Elle était fermée à clé et l'hôte ne s'éveillait pas pour ouvrir. Il a le sommeil lourd, comme s'il avait fait la foire cette nuit, songea la femme en souriant timidement. Néanmoins, le lait refroidissait. Elle jeta un regard au plateau chargé, déposé sur une petite table. Peut-être Monsieur le Professeur parviendrait-il à le réveiller…

Elle trouva M. Nazarie tout habillé, prêt à partir. Elle demeura quelques instants sur le pas de la porte, embarrassée ; il lui était difficile de dire pourquoi elle était venue, pour le prier de venir réveiller M. Egor.

« Tu n'es pas de ce village par hasard ? lui demanda M. Nazarie, voyant la femme attendre humblement.

— Moi, je viens de l'Ardeal, répondit fièrement la femme. Seulement, M. Egor ne veut se réveiller. J'ai frappé à la porte et il ne m'entend pas…

— Ils sont comme ça, les artistes, ils dorment profondément » répliqua, plutôt pour lui, M. Nazarie.

Cependant il était inquiet. Il s'en fut presque en courant vers la chambre d'Egor. Et il frappa si fort à la porte qu'Egor se réveilla en sursaut.

« C'est moi, s'excusa le professeur, moi, Nazarie... »

Il entendit tourner la clé. Il entendit ensuite les pas d'Egor qui courait vers le lit. Il entra dans la chambre au bout d'un intervalle décent. La femme le suivait, portant le plateau.

« Vous dormiez profondément, semble-t-il, dit M. Nazarie.

— À partir de maintenant, je dormirai très profondément le matin », dit Egor en souriant.

Puis il se tut, regardant la femme déposer lentement le plateau sur la petite table. Il attendit qu'elle soit partie avant d'interroger brusquement M. Nazarie :

« Dites-moi, s'il vous plaît, ça sent quoi dans cette chambre ?

— La violette », répondit tranquillement le professeur.

Il eut l'impression qu'Egor tressaillait et que son visage avait soudain blêmi. Il essaya de sourire.

« Ainsi donc, c'est vrai », dit-il.

M. Nazarie se rapprocha davantage du lit.

« … C'est vrai, reprit Egor. Ce n'était pas un rêve, c'était Mademoiselle Christina elle-même… »

Sans hâte ni émotion, il lui raconta ce qui s'était passé la nuit dernière. Il s'émerveillait lui-même de la précision avec laquelle il se souvenait de tous les détails. Il parlait gravement, s'arrêtant souvent pour déglutir. Il avait la gorge sèche, il avait soif.

Avant midi, Egor apprit que Sanda était malade. Elle ne pourrait pas venir à table aujourd'hui. Il demanda l'autorisation de la voir juste quelques minutes. À cette occasion, il pourrait aussi excuser son départ. Il lui serait facile de lui dire qu'il n'osait plus rester, à présent qu'elle et Mme Mosco étaient malades.

« Que s'est-il passé ? » demanda-t-il, s'efforçant de paraître dégagé en entrant dans la chambre de Sanda.

La jeune fille le regarda tristement, luttant longtemps avec un sourire qui refusait de fleurir. Elle lui indiqua une chaise du regard. Elle était seule, et Egor se sentait quelque peu intimidé. Il régnait dans la chambre une odeur féminine, trop intime, trop chaleureuse. Une odeur de sang.

« Je ne me sens pas bien du tout, murmura Sanda. Hier soir, j'ai eu des vertiges, des maux de tête, et voilà, maintenant je ne peux même pas me lever… »

Elle le regarda au fond des yeux, avec amour et en même temps avec effroi. Ses narines frémissaient. Ses tempes étaient toutes pâles.

« … Je n'ai plus la moindre force en moi, poursuivit-elle. Regarde, je me fatigue rien que de parler… »

Alarmé, Egor s'approcha du lit et lui prit la main.

« Il ne faut pas te fatiguer, commença-t-il d'un ton qui se voulait allègre et revigorant. Tu as probablement pris froid, la migraine t'a exténuée. Je songeais justement… »

Il voulait dire : je songeais justement que nous autres, les invités, nous te fatiguons trop et on devrait partir. Mais la jeune fille se mit soudain à pleurer, en baissant la tête.

« Ne me quitte pas, Egor, murmura-t-elle enfiévrée, ne me laisse pas seule. Toi seul, dans cette demeure, peux me sauver… »

Elle le tutoyait pour la première fois. Egor sentit une bouffée de sang chaud lui monter aux joues. Inquiétude, bonheur, honte de sa propre lâcheté ?

« N'aie crainte, Sanda, murmura-t-il en rapprochant sa tête. Il ne se passera rien. Je suis ici, près de toi, et il ne t'arrivera rien…

— Ah, pourquoi ne puis-je te dire… »

En cet instant, Egor était prêt à lui raconter tout ce qu'il savait, tout ce qui l'avait lui-même épouvanté. Mais il entendit des pas dans le couloir et recula précipitamment vers le milieu de la chambre. Il était agité, soucieux. Les paroles de Sanda lui avaient néanmoins donné une assurance infinie en lui-même. Pour la protéger, pour la défendre.

Mme Mosco entra dans la chambre comme par hasard. Elle ne semblait pas le moins du monde surprise de trouver Sanda malade, au lit, et Egor là, devant elle.

« Tu ne te lèves pas ? interrogea-t-elle.

— Aujourd'hui, je ne me lève pas du tout, répondit Sanda en essayant de parler tranquillement et de sourire. Je veux me reposer…

— Les invités l'ont fatiguée, dit Egor en guise de plaisanterie.

— Ce n'est pas vrai, répliqua Mme Mosco. Nous sommes toujours heureuses d'avoir des personnes d'importance à notre table. Où est Simina ? » demanda-t-elle après une courte pause.

Egor et Sanda échangèrent un bref regard, rougissant tous les deux, comme d'un vilain secret dont ils se seraient souvenus contre leur gré.

« Je ne l'ai pas vue, dit Sanda.

— Je m'en vais la chercher. »

Egor avait ainsi une raison de se retirer et de revenir plus tard, quand Mme Mosco serait partie. Il s'en alla d'un pas décidé ; son regard était plus dur, son front pensif. Il avait honte de sa lâcheté. Il avait voulu partir, et il n'avait même pas eu le courage de le dire à M. Nazarie. Il avait même songé à composer un faux télégramme, comme il se rappelait avoir lu il y avait bien longtemps dans un livre. La voix et les paroles de Sanda avaient cependant éveillé en lui une fureur obstinée à affronter le péril. C'était le commencement d'une aventure étrange, diabolique – dont il avait peur, mais qui l'attirait néanmoins comme un fruit défendu, empoisonné.

Il s'enquit à l'office. Personne n'avait vu Simina. Il descendit les marches de la véranda et se dirigea vers les communs. À cette occasion, il verrait aussi la sombre nourrice. Il rencontra la gouvernante et l'interrogea.

« La demoiselle est partie vers la vieille écurie… »

Elle lui montra, au loin, une remise à moitié en ruine. Egor se dirigea calmement vers l'écurie, les mains dans les poches, en fumant. Il ne voulait pas donner des proportions d'expédition à sa rencontre avec Simina. Quel nid de sorcière, songea-t-il en pénétrant dans l'écurie. C'était une longue pièce, ancienne, mal soignée, au plafond fissuré par endroits. Il faisait presque sombre. Il aperçut Simina juste à l'autre bout, dans une calèche démodée. Dès qu'elle le vit, la petite fille jeta précipitamment un chiffon qu'elle tenait à la main et se leva. Elle l'attendait, et Egor perçut à son regard que la lutte ne serait pas facile.

« Pourquoi t'es-tu cachée ici, Simina ? questionna-t-il en faisant semblant d'être d'humeur à rire et à plaisanter.

— Je jouais, Monsieur Egor, répondit la petite fille sans sourciller.

— Quel drôle de jeu ! s'étonna Egor en se rapprochant. Dans la calèche la plus vieille, pleine de poussière… »

Il posa la main sur un fanal, mais n'y trouva pas le moindre grain de poussière. Il comprit alors le geste de Simina, le chiffon qu'elle avait jeté à son arrivée.

« C'est une calèche bien vieille, mais elle est propre, continua-t-il. Je vois que tu y tiens, que tu la soignes, tu la nettoies…

— Non, se défendit Simina, je jouais simplement. Et je craignais de me salir.

— Alors pourquoi te cachais-tu, pourquoi as-tu jeté le chiffon ? demanda rapidement Egor pour l'embarrasser.

— Je ne pouvais pas vous donner la main avec un chiffon à poussière », répondit tranquillement Simina. Elle s'arrêta un instant, en souriant. « Je croyais que vous alliez me tendre la main », ajouta-t-elle avec coquetterie, le regardant dans les yeux.

Egor s'empourpra, gêné.

« À qui appartenait cette calèche ? interrogea-t-il.

— À Mademoiselle Christina », répondit Simina.

Ils se regardèrent dans les yeux, âprement. Elle *sait*, comprit Egor, elle sait ce qui s'est passé cette nuit.

« Tantine Christina, dit Egor comme s'il n'avait rien remarqué, la pauvre vieille ! Quelle vieille calèche démodée, comme la pauvre tante... C'est sur ces coussins qu'elle promenait ses vieux os, quand elle sortait prendre un peu le frais... »

Il se mit à rire.

« ... Elle se promenait dans cet équipage seigneurial à travers le domaine, poursuivit-il, et le vent la faisait trembler de froid, et faisait flotter ses cheveux blancs... Ou bien n'étaient-ils que gris ? » lui demanda-t-il brusquement, en se retournant vers Simina.

La fillette l'avait écouté avec un sourire d'une condescendance et d'une ironie sans limite. Quand Egor se tourna vers elle, Simina soutint son regard, tout en s'attachant à dissimuler son sourire ; comme si elle avait honte de sa honte à lui.

« Vous savez fort bien que Mademoiselle Christina, rétorqua-t-elle en appuyant sur le mot, que Mademoiselle Christina n'a jamais été vieille...

— Ni toi ni moi ne savons rien à son propos, l'interrompit brutalement Egor.

— Pourquoi dites-vous cela, Monsieur Egor ? s'étonna candidement Simina. Vous l'avez pourtant vue... »

Ses yeux étincelèrent diaboliquement, et un sourire victorieux illumina tout son visage. Elle m'attire dans un piège, songea Egor. Mais si elle dit encore quelque chose, je l'étrangle et je la menace de la tuer, jusqu'à ce qu'elle m'avoue tout ce qu'elle sait.

« Vous avez vu son portrait, ajouta Simina après une pause bien calculée. Mademoiselle Christina est morte très jeune. Plus jeune que Sanda. Et plus jeune, et plus belle », poursuivit-elle.

Egor demeura quelques instants embarrassé. Il ne savait plus ce qu'il devait dire, comment obliger Simina à se trahir, afin de pouvoir l'*interroger*.

« N'est-ce pas que Sanda vous plaît ? demanda brusquement Simina.

— Elle me plaît, et je vais l'épouser, répondit Egor. Et tu viendras à Bucarest, tu seras ma petite belle-sœur et c'est moi qui t'élèverai ! Tu verras alors comme toutes ces fadaises vont te sortir de la tête !...

— Jamais je ne comprends pourquoi vous vous fâchez avec moi », se défendit timidement Simina.

La menace, ou peut-être le ton élevé et viril d'Egor, l'avait intimidée. Elle regarda avec une certaine crainte autour d'elle, comme si elle attendait un signe d'aide. Soudain, elle se tranquillisa et se mit à sourire. Elle fixa un coin de la remise. Ses yeux étaient maintenant plus absents, plus lointains.

« C'est en vain que tu regardes, poursuivit Egor. En vain que tu attends... Ta tante est morte depuis longtemps, dévorée par les vers et mêlée à la terre. Tu m'entends, Simina ? »

Il la saisit par les épaules et cria presque ces mots à ses oreilles. Lui aussi eut peur de sa voix fêlée, des mots qu'il avait criés. La fillette tressaillit. Elle semblait avoir pâli et serrait les lèvres. Mais dès qu'il la lâcha, elle revint à elle. Elle regarda à nouveau pardessus l'épaule d'Egor – un regard fasciné, heureux.

« Vous m'avez secouée très fort, se plaignit-elle en portant la main à son front. J'en ai mal à la tête... Avec les enfants, c'est facile d'être fort, ajouta-t-elle plus doucement, comme pour elle-même.

— Je veux te réveiller, petite sorcière que tu es, s'emporta de nouveau Egor. Je veux te sortir ces balivernes de la tête, pour ton bien, pour ton salut...

— Vous savez très bien que ce ne sont pas des balivernes », dit Simina, cette fois-ci provocante. Elle sauta de la calèche et passa devant Egor avec une dignité infinie.

« Ne te dépêche pas, nous partons ensemble, lui dit Egor. J'étais venu te chercher. Mme Mosco m'a envoyé à ta recherche... Je ne savais pas que j'allais te trouver en train d'épousseter une calèche vieille de cent ans...

— Elle est de 1900, de Vienne, dit Simina sans se retourner, calmement et en continuant son chemin dans l'écurie. 1900-1935, tout juste trente-cinq ans... »

Ils étaient arrivés à la porte. Egor l'ouvrit largement et laissa la fillette passer devant.

« Elle m'a envoyé te chercher parce que Sanda est malade, continua-t-il. Tu sais que Sanda est malade ? »

Il surprit un petit sourire vengeur.

« Ce n'est rien de grave, reprit-il rapidement. Elle a seulement mal à la tête et elle est au lit… »

La petite fille ne répondit pas. Ils marchaient côte à côte à travers la grande cour, sous un froid soleil d'automne.

« À propos, dit Egor avant d'atteindre la maison, je voulais te dire quelque chose qui t'intéressera. »

Il la saisit par le bras et se pencha fortement vers elle, pour pouvoir lui murmurer très près de l'oreille :

« … Je voulais te dire que s'il arrive quelque chose à Sanda, si… tu comprends ?… Alors, c'en sera fini de toi. Cela ne reste pas entre nous, bien entendu. Tu peux le dire plus loin, mais pas à Mme Mosco. Elle, la pauvre, elle n'a rien à voir là-dedans…

— Je le dirai à Sanda, pas à maman, répondit nettement Simina. Je lui dirai que je ne comprends pas ce que vous avez contre moi ! »

Elle essaya de s'arracher à l'étau. Mais la main d'Egor s'incrusta plus profondément dans sa chair. Il ressentait une véritable joie à planter ses doigts dans cette chair molle, jeune, démoniaque. La fillette se mordit les lèvres de douleur, mais pas la moindre larme ne mouilla ses yeux froids, métalliques. Cette résistance fit perdre la tête à Egor.

« Et je te tourmenterai, Simina, je ne te tuerai pas si vite, siffla-t-il. Je t'étranglerai seulement après t'avoir arraché les yeux et les dents une à une... Au fer rouge je te torturerai. Rapporte-le plus loin, dis-le à qui tu sais... Pour voir si... »

Au même instant, il ressentit une douleur si violente dans le bras droit qu'il lâcha prise. Tout son corps se vida de ses forces. Il était là, les bras ballants, mous, collés aux hanches. Comme s'il ne savait plus où il se trouvait, dans quel monde il était...

Il vit Simina s'ébrouer, ordonner les plis de sa petite robe et se frotter le bras où ses doigts avaient laissé des marques. Il la vit aussi lisser tranquillement ses cheveux, arranger ses boucles et refermer une pression cachée, qui s'était ouverte en chemin. Simina fit tout cela sans le regarder. Elle ne se hâtait même pas. Comme si lui n'existait plus. Elle se dirigea vers la maison d'un pas svelte, désinvolte, non dépourvu d'une noble grâce. Egor la suivit des yeux, stupéfait, jusqu'à ce que la petite créature se fût perdue dans l'ombre de la véranda.

8

Après déjeuner, M. Nazarie et Egor furent invités dans la chambre de Sanda. Ils la trouvèrent encore plus exténuée, les paupières violacées ; ses bras paraissaient très blancs, à reposer ainsi sans force sur un douillet châle de laine. Sanda sourit et leur fit signe de s'asseoir, tandis que Mme Mosco, debout près du lit, un livre à la main, poursuivait sa lecture.

« *Viens donc, ange du mal, dont la voix me convie*
Car il est des instants où si je te voyais
Je pourrais pour ton sang t'abandonner ma vie
Et mon âme… si j'y croyais[1] *!* »

Elle avait fort bien lu les derniers vers, avec des larmes dans la voix. Elle referma le livre avec un soupir.

---

1. En français dans le texte. (N. du T.)

« C'était quoi ? interrogea M. Nazarie, déconcerté.

— La préface d'*Antony*, le drame immortel d'Alexandre Dumas père », expliqua gravement Mme Mosco.

En tout cas, une lecture qui n'est guère appropriée *maintenant*, aurait voulu dire Egor. Il n'avait nullement apprécié le vers : *Je pourrais pour ton sang t'abandonner ma vie...* C'était d'une ironie trop cruelle, presque féroce. Et puis, ce soupir de Mme Mosco... Regret ? résignation ? impuissance ?

« Cela fait une demi-heure que je lui fais la lecture sans arrêt, dit Mme Mosco avec orgueil. J'aime beaucoup lire aussi comme cela, à voix haute, comme dans le temps... Je savais alors des milliers de vers par cœur... »

Elle souriait. Egor la regardait stupéfié. Elle était presque méconnaissable à présent ; ses gestes étaient vigoureux, assurés. Depuis si longtemps debout au chevet de Sanda, elle n'était pas encore épuisée... Elle semblait miraculeusement revivre, revivre de la jeunesse de Sanda.

« Je savais aussi des vers d'Eminesco, ajouta Mme Mosco encore plus animée, des vers du plus grand poète roumain, Mihaïl Eminesco... »

Egor chercha les yeux de Sanda. Ils brûlaient d'une terreur refoulée. La jeune fille ne le regarda qu'un seul instant. Puis, comme si elle craignait de se trahir, elle murmura :

« *Maman*, tu as assez lu… Ne te fatigue pas… Assieds-toi donc aussi… »

Mme Mosco ne l'entendit point. Elle avait porté ses mains à son front, luttant avec ses souvenirs, s'efforçant de reconstituer ces vers célèbres…

« Ces vers célèbres, dit-elle plutôt pour elle-même, ces vers immortels… »

Sanda ne se tint pas pour battue. Eminesco se trouvait à côté de ses autres poètes favoris, sur l'étagère, mais elle ne voulait sous aucun prétexte le mettre entre les mains de sa mère. Elle redoutait sa passion maladive pour certains poèmes d'Eminesco. Autrefois, elle lui avait avoué que quand elle n'était qu'une petite fille de huit, neuf ans, Christina lui déclamait pendant les nuits d'été des vers d'Eminesco. Elle va de nouveau s'en souvenir *maintenant*, se dit Sanda avec effroi.

« Descends donc, tendre Hypérion
Glisse-toi sur un rayon
Descends en ma demeure et mes pensées
Que ma vie en soit illuminée !… »

Dès le premier vers, Sanda baissa la tête, déprimée. Une immense fatigue s'insinua soudain dans tout son corps. Un tourbillon silencieux vida ses veines de leur sang. Elle craignait de défaillir d'un instant à l'autre.

« … Je suis l'étoile du berger. Sois donc ma promise !… » continua victorieusement Mme Mosco.

D'où lui sont subitement venus cette force physique, ce rayonnement de tout son être, cette voix pleine et mélodieuse ? s'interrogeait M. Nazarie, perplexe. Mme Mosco semblait se rappeler une strophe après l'autre, après de courtes hésitations, de fascinants tâtonnements. Il y a quand même des strophes qu'elle saute, observa Egor. Muet, il écoutait presque sans la moindre résistance, les yeux rivés sur Sanda, suivant les soubresauts de son corps sous le châle qui la couvrait. Je devrais faire quelque chose, se dit-il. Je devrais me lever et m'approcher d'elle, la caresser – quoi qu'en pense sa mère. Pourtant, à en juger à l'extase qui était sienne en récitant les vers qu'elle découvrait progressivement, il était clair que Mme Mosco n'entendait ni ne voyait plus rien autour d'elle.

« … Car je suis vivante, moi, et toi, tu es mort… »

La voix de Mme Mosco s'interrompit brusquement, noyée. Elle chancela, prise de vertige au milieu de la chambre où l'émotion l'avait poussée. Elle porta à nouveau ses paumes à son front. Cette fois-ci cependant, c'était un geste de déroute et de désespoir.

« Je ne sais ce que j'ai, chuchota-t-elle. Je suis fatiguée… »

M. Nazarie l'installa sur une chaise. Ainsi donc, ce n'était qu'une illusion, cette alacrité, cette voix pleine et robuste de femme au sang ardent ?

« Tu vois, *maman*, si tu ne m'écoutes pas », murmura Sanda d'une voix éteinte.

Egor s'approcha du lit. Il commençait à avoir peur de la pâleur de la jeune fille, de ses yeux trop profondément enfoncés dans leurs orbites, de sa peau trop froide trahissant néanmoins une fièvre qui couvait dans les profondeurs.

« Je vais immédiatement partir à la recherche d'un médecin, dit-il tourmenté. Tu n'es pas bien du tout... »

Sanda le remercia d'un sourire qu'elle voulait prolonger le plus possible. Car en aucun cas elle ne devait le laisser appeler un médecin. Surtout pas *maintenant*, dans ce déchaînement inattendu d'événements et d'anciennes maladies.

« Ne t'empresse pas de me quitter, dit Sanda, je n'ai besoin d'aucun médecin... Dans quelques heures j'irai mieux, et demain, nous irons nous promener dans le parc... »

Au même moment, Mme Mosco se remit sur pied, avec une ferveur renouvelée.

« À présent je me souviens, dit-elle, je me souviens des plus beaux vers d'*Hypérion* : *J'ai mal de ton amour cruel / Auquel s'enflamme mon sein / Mes yeux se blessent à ce feu / Ton regard me consume...* »

Sanda saisit la main d'Egor. Elle tremblait. Elle le fixait dans les yeux, terrorisée. *Elle aussi, elle sait*, songea Egor. Il s'étonna, un instant plus tard, de sa propre force et de sa sérénité. Maintenant il n'avait plus peur, près de Sanda, avec sa main glacée perdue dans son poing brûlant et crispé. Il sentait néanmoins tout ce que *savait*, tout ce que voyait Sanda au-delà de ses épaules, derrière lui. Il ne voulait pas se retourner, pour ne pas rompre le fil de ces regards éperdus et paralysés. Mme Mosco s'était tue, et son silence vint se greffer, plus grave, sur le calme inaccoutumé de la chambre. Egor entendait battre le cœur de la jeune fille. Il entendait en même temps le souffle alourdi de M. Nazarie. Il *sent* lui aussi, peut-être même voit-il. Inutile dorénavant de lui cacher quoi que ce soit.

« *Maman* ! » s'exclama soudain Sanda dans un ultime effort.

Egor perçut tout ce que Sanda avait voulu dire par ce cri désespéré, sa tentative d'arracher Mme Mosco à cette conversation si horrible – inaudible, interdite, inhumaine. Maman, on nous voit ! semblait à présent dire le regard de Sanda. Mme Mosco se tourna vers M. Nazarie.

« Pourquoi ne dites-vous plus rien, Monsieur le Professeur ? interrogea-t-elle étonnée.

— Il est vrai que je n'ai guère parlé aujourd'hui, chère Madame, s'excusa M. Nazarie. Je vous écoutais réciter… Je m'émerveillais de votre mémoire… »

Mme Mosco le regarda dans les yeux, comme pour essayer de se convaincre qu'il ne plaisantait pas.

« Malheureuse mémoire, le livre à la main ! dit-elle d'un ton las, tout en déposant *Antony* au-dessus des autres volumes sur l'étagère. Heureusement que j'ai encore assez de livres… Je les ai apportés ici à Sanda, pour plusieurs jours de lecture… »

Elle désigna de la main toute une pile. M. Nazarie jeta un coup d'œil : *Jean Sbogar, René, Ivanhoé, Les Fleurs du mal, Là-Bas*[1].

« C'est de la bibliothèque de Christina, reprit-elle. Les livres qu'elle aimait le plus. Moi aussi, d'ailleurs… »

Elle sourit d'un sourire très fatigué et se dirigea vers le lit de Sanda.

« Et vous, pourquoi vous taisez-vous aussi ? questionna-t-elle avec un étonnement encore plus incompréhensible. Pourquoi ne dites-vous rien ? »

Sanda la réprimanda du regard. Mme Mosco s'assit sur le lit, près d'elle. Elle lui prit la main, qu'Egor avait laissée quelques instants plus tôt.

« Mais tu es glacée, quelle froidure ! s'exclama-t-elle en frissonnant. Il faut que je te donne du

1. En français dans le texte. (N. du T.)

thé… D'ailleurs, il est temps de te lever. C'est bientôt le crépuscule. Il y aura des moustiques… »

Elle divague, se dit Egor un peu inquiet. Il regarda Sanda, pour deviner dans ses yeux un conseil, un avis. Il était lui aussi figé, fasciné par ce début inattendu de délire.

« Peut-être vaudrait-il mieux que nous partions, s'éleva alors la voix sèche de M. Nazarie.

— N'ayez crainte, vous êtes avec moi, le tranquillisa Mme Mosco. Ils ne peuvent rien vous faire. Ils volent au-dessus, c'est tout…

— Il faudrait prendre de la quinine, murmura Sanda. Maman parle des moustiques. Ils sont très dangereux maintenant, au coucher du soleil…

— C'est vrai, ils commencent à venir, reprit M. Nazarie d'une voix sèche. C'est curieux, ces essaims qui pullulent devant la fenêtre !… Vous les entendez voler, Egor ? »

Egor les entendait lui aussi ; des essaims entiers, comme jamais il n'en avait rencontré. D'où venaient-ils en rangs si serrés ?

« Signe de sécheresse, dit M. Nazarie. Il faudrait fermer la fenêtre… »

Mais il ne bougea pas. Il restait planté au milieu de la chambre, fasciné, les yeux sur les essaims.

« Ce n'est pas la peine, dit Mme Mosco. Le soleil ne se couche pas encore. D'ailleurs, tant que vous êtes avec moi, vous n'avez rien à craindre… »

Egor sentit un frisson lui parcourir l'échine. Cette voix sèche, neutre, presque méconnaissable, l'épouvantait. Une voix venue d'ailleurs, d'un rêve, d'espaces autres.

« Il vaudrait cependant mieux prendre de la quinine, au moins un demi-cachet par jour », murmura Sanda, cette fois-ci très doucement.

Sa voix à elle aussi tremblait. Mais au moins maintenant, elle ne *voit* plus rien, elle ne sent plus personne, observa Egor. Il chercha le professeur. Il n'avait pas bougé du milieu de la pièce. Il suivait quelque vol invisible, car son regard glissait bien au-dessus des essaims. Il ne se gardait même pas des moustiques qui pénétraient peu à peu dans la chambre. Il y a ici une odeur qui les attire, se dit Egor. Ils sont trop nombreux, et ils viennent trop directement ici. Peut-être cette odeur qui m'avait frappé moi aussi ce matin, se souvint-il, une odeur de sang.

Mme Mosco les enveloppa tous d'un regard chaleureux, à la fois protecteur et intime.

« Allez les enfants, dit-elle, le crépuscule approche, il faut la lever. »

Sa voix était animée et pourtant absente. Une voix qui venait de loin, de joies très singulières, glacées.

« Lève-toi, Sanda, dit à nouveau Mme Mosco, c'est bientôt le soir. Tu es gelée… »

Egor serra les poings, plantant obstinément ses ongles dans sa chair. Il faut que je reste éveillé. Ne pas me perdre. Il essaya de retenir Sanda, mais la jeune fille le repoussa lentement, avec amour, et descendit du lit. Elle ne tremblait plus à présent. Elle chercha très attentivement ses mules.

« Il faut absolument que je vienne moi aussi, *maman* ? lui demanda-t-elle très soumise.

— Tu ne le vois pas ? Il est temps », répondit Mme Mosco.

Egor la prit dans ses bras et lui murmura à l'oreille :

« Reste ici. Que veux-tu faire ? »

La jeune fille lui caressa la joue, d'une main triste.

« Ce n'est rien, Egor, murmura-t-elle. Je le fais pour maman, tu sais… »

Au même instant, Egor sentit la pointe aiguë d'un dard se planter dans sa chair, au poignet. Instinctivement, il frappa de la paume de la main. Un moustique écrasé, une tache de sang à côté. Il a mordu avec avidité, l'animal, se dit Egor.

Relevant la tête, Sanda aperçut la tache de sang. Elle se précipita sur Egor et lui saisit la main.

« Cache-toi, lui dit-elle vivement, va-t'en, que ma mère ne te voie pas… Ça lui porte sur le cœur… »

Egor frotta sa main sur sa veste, jusqu'à ce que le sang ait complètement disparu.

« Je t'en prie, va-t'en, répéta Sanda. Va et prends un cachet de quinine… »

Sa voix suppliante l'exaspéra encore davantage ; ce délire dont il ne distinguait pas encore les frontières, tous ces propos dont il ne pouvait pénétrer la signification…

« Je ne pars pas jusqu'à ce que tu me dises où tu veux aller, la menaça Egor.

— Sois sans crainte, mon amour », dit Sanda.

Egor frissonna. Il se souvenait maintenant avec précision ; détail après détail, il se remémorait tous les événements de la nuit passée.

« Tu n'es pas content que je te dise cela ? » interrogea Sanda, à nouveau triste.

Egor la fixa dans les yeux, s'efforçant de la transpercer, de la soumettre tout entière à sa propre volonté, de la garder. Mais il la sentait lui échapper, comme lui glissait entre les bras cette vie chaleureuse et séduisante.

« Ce n'est pas *toi*, Sanda, qui me dis cela, ce n'est pas toi ! » s'exclama Egor.

Sanda se mit à pleurer doucement, sans bruit. Ainsi donc, c'est vrai, pensa Egor.

Mme Mosco s'était approchée d'eux ; elle semblait n'avoir rien compris à leurs chuchotements trop familiers, aux pleurs de la jeune fille.

« Si vous restez ici, ils vont vous piquer vous aussi, leur dit-elle. Et il fait si froid maintenant… Ils vont vous attaquer. Comme ils l'ont fait avec les poules, les oies, avec le bétail... Qu'en est-il resté, qu'en reste-t-il... »

Egor tourna la tête et lui dit très distinctement :

« Je regrette beaucoup, Madame Mosco, mais Sanda doit rester ici, au lit, jusqu'à ce que j'appelle le médecin. »

Sa voix retentit d'une force si inhabituelle que Mme Mosco hésita, regardant tantôt Egor, tantôt M. Nazarie. De toute évidence, elle ne saisissait pas très bien ce qu'ils cherchaient, eux, près du lit de la jeune fille.

« Peut-être avez-vous raison, finit par dire Mme Mosco au bout de quelques instants. Vous êtes tous deux des hommes de science, vous savez mieux que moi !... Mais fermez vite les fenêtres. C'est ce qu'il faut faire en premier lieu, fermer toutes les fenêtres... »

Egor tremblait encore du courage brutal dont il avait fait preuve en parlant. Il essayait à deux mains de maintenir Sanda en place. La jeune fille se débattait, résistait.

« Il faut absolument que j'y aille, se défendait-elle somnolente. Je le fais pour maman, je te l'ai dit. Il n'y a plus rien dans la cour... la volaille, le bétail, même les chiens !... »

M. Nazarie s'était rapproché lui aussi, livide, en gesticulant. Les moustiques tourbillonnaient autour de lui. On entendait comme un bourdonnement tressé, barbare et très lointain. Une mélopée oppressante, analogue à la fièvre.

« Lâche-moi, Egor, supplia à nouveau Sanda éperdue. Autrement, ce sera pis… Autrement, je ne me remettrai pas… »

Egor se mit à trembler. Pourquoi, Dieu, faisait-il soudain si froid ? Il entendait M. Nazarie claquer des dents. Il le voyait près de lui, pétrifié, blanc comme un linge, tremblant. Il ne se protégeait pas des moustiques. Il secouait de temps en temps la tête, pour les chasser.

« Fermez la fenêtre », lui ordonna Egor.

Le professeur s'approcha des rideaux avec crainte. Il n'osa pas aller plus loin. Il se comportait lui aussi comme dans un sommeil irréel, maladif. Pourtant, avec quelle clarté il comprenait tout ce qui se passait autour de lui ! Avec quelle netteté lui apparaissaient à présent tous les événements : cette viande de mouton, écœurante, du premier soir, et les propos sibyllins de la gouvernante, la volaille qui crevait… Et ce chien qui se traînait à leurs pieds, ses hurlements glacés, son halètement d'animal pourchassé par l'invisible…

« Pourquoi ne fermez-vous pas la fenêtre ? » entendit-il de nouveau par la voix impérieuse d'Egor.

Quel froid inhabituel, artificiel. Quels trous d'air dans cette chambre où flottait encore il y avait un instant l'odeur du sang de la jeune fille…

M. Nazarie se rapprocha davantage de la fenêtre. Il avait peur de regarder dehors. Une peur stupide, nerveuse, qu'il ne parvenait pas à dominer. Son bras tremblait quand il saisit la poignée de la fenêtre. Il lui sembla sur le moment qu'une femme le regardait de l'extérieur, attentivement, suivant chacun de ses gestes, comme attendant quelque chose, un geste grave, décisif. Il faisait encore assez clair dehors.

Ce lambeau de ciel était pourtant plus éteint, plus fluide. Ici, c'était un autre espace, un autre plan. Car en fermant les yeux un instant pour les rouvrir brusquement, M. Nazarie aperçut avec étonnement Simina à quelques mètres de la fenêtre, entre les fleurs, qui le regardait. Il essaya de lui sourire. La petite fille inclina la tête avec une grâce infinie. Mais au même moment, elle se trahit. Elle avait porté les yeux trop haut, bien au-dessus de la croisée. Elle ne s'attendait pas à me voir, moi, se rendit compte M. Nazarie. Elle attendait *quelqu'un d'autre*, et pas ici, à la fenêtre, mais ailleurs… Simina comprit rapidement qu'elle s'était trahie. Elle rougit brusquement et fit quelques pas en direction de la maison, les mains levées vers M. Nazarie. Mais le professeur ferma gravement la fenêtre, silencieux, les yeux baissés. Le froid de la chambre lui parut encore plus pesant. Il demeura longtemps indécis, sans force, près de la fenêtre. Il entendait maintenant le bourdonnement des moustiques tout près de lui, qui l'enveloppait lentement, de toutes parts, l'exténuant. Il commençait à s'apercevoir qu'il rêvait, et il eut peur. Et s'il ne s'éveillait jamais plus de ce sommeil incompréhensible, de ce monde des fièvres ?…

9

Egor revint de la gare vers les dix heures du soir. Non sans difficulté, il avait réussi à téléphoner à Giurgiu pour avoir un médecin. Il ne faisait pas confiance au médecin d'arrondissement qui habitait un village voisin.

La demeure paraissait maintenant plus faiblement illuminée. Il retrouva Mme Mosco, M. Nazarie et Simina en train de l'attendre à la salle à manger. La table était mise. Une femme vieillie, portant un fichu couleur cerise, s'affairait dans la pièce. Personne ne parlait. Pâle, M. Nazarie regardait dans le vide – comme un prisonnier au repos.

« Vous savez, nous mangerons très mal ce soir, dit Mme Mosco. La fille de cuisine est partie au village et n'est pas revenue. Elle ne reviendra plus... Ce soir, c'est la nourrice qui nous sert... »

Ainsi donc, voilà la nourrice, se dit Egor. Il la regarda très attentivement. Une femme sans âge, à la démarche étrange : comme si toute sa vie elle s'était évertuée à boiter et que maintenant, elle s'efforçait de marcher normalement. Parfois, elle se cognait aux meubles, sans rien sentir. Sa tête était presque entièrement recouverte par le fichu. On voyait son nez large, tordu et blanc. On apercevait sa bouche, comme une blessure gercée, bleuie et fibreuse. La nourrice gardait obstinément les yeux fixés à terre.

« Nous aurons du moins de la polenta avec du lait et du fromage », poursuivit Mme Mosco.

Ils s'installèrent à table. M. Nazarie était impatient et éberlué, comme quelqu'un brusquement tiré du sommeil.

« Comment s'est sentie Sanda ? » demanda Egor.

Personne ne répondit. Mme Mosco s'était mise à manger et sans nul doute n'avait pas entendu la question. Simina cherchait la salière, sage, polie. M. Nazarie semblait très concentré.

« Il lui est arrivé encore quelque chose ? interrogea carrément Egor au bout de longues minutes de silence.

— Non. Quand nous sommes partis, elle dormait, répondit le professeur. C'est du moins ce que j'espère... Ou peut-être était-elle seulement évanouie... »

Il leva soudain les yeux de son assiette et regarda sévèrement Egor.

« Je crois que c'eût été mieux de revenir avec le médecin, ajouta-t-il.

— Il arrivera demain matin, avec le premier train, le tranquillisa Egor. Il faut le dire immédiatement au cocher, qu'il prépare la carriole pour demain matin à l'aube… »

Mme Mosco l'écoutait, intriguée, comme si elle ne comprenait pas de quoi il s'agissait.

« Je crains fort que très prochainement nous n'ayons plus non plus de cocher, murmura-t-elle assez calmement. Le bonhomme a demandé aujourd'hui ses gages… Nourrice, ne le paie pas avant qu'il ne ramène de la gare les invités de demain…

— Il n'y a que le médecin qui vient, dit Egor.

— Peut-être quelqu'un d'autre viendra encore, dit Mme Mosco avec une certaine ferveur. Nous sommes en pleine saison. Septembre. Les autres années, à cette époque, les invités s'entassaient. Beaucoup de jeunes, des demoiselles et des messieurs de l'âge de Sanda… »

Ses paroles, murmurées avec une teinte de mélancolie, rendirent encore plus désespérée la solitude de la pièce.

« … Cette année aussi, il y a eu pas mal d'invités, fit Egor, cherchant à rompre le silence.

— Ils sont partis si vite, poursuivit Mme Mosco. Mais quelqu'un doit encore arriver… Des parents peut-être. »

Simina sourit. Elle savait que depuis très longtemps, personne de la parenté ne venait plus à Z.

« Ce ne serait d'ailleurs pas le moment le mieux choisi pour des visites, dit Egor. Sanda est assez sérieusement malade... »

Mme Mosco parut ne se souvenir qu'en cet instant que sa fille n'était pas à table avec eux, et qu'elle gisait épuisée dans son lit. Elle la chercha des yeux à la ronde et se convainquit qu'elle ne se trompait pas. Sanda n'était pas là.

« Il faut que j'aille la voir », dit-elle en se levant soudain de table.

Simina resta tranquillement assise. Elle semblait ne pas tenir compte des invités qui se trouvaient encore à table, car elle se mit à jouer avec son couteau, en coupant des tranches très fines de polenta dans son assiette.

« Pourquoi lui apprends-tu des contes si vilains, nourrice ? » demanda Egor en tournant la tête.

La nourrice s'arrêta au milieu de la pièce, étonnée de cette voix étrangère qui l'avait hélée à l'improviste, flattée en même temps qu'un boyard jeune et beau lui adressât la parole. Depuis très longtemps, elle n'avait plus parlé qu'à des domestiques. Jamais elle n'entrait dans la maison des maîtres tant qu'il y avait des invités.

« Je ne lui ai rien appris, Damoiseau, pas le moindre conte, dit-elle sans trace de timidité, car je n'en sais pas moi-même. C'est la demoiselle qui me les apprend... »

Elle avait une voix mate, comme morcelée. Egor se souvint brusquement d'une pièce de théâtre célèbre une quinzaine d'années auparavant, de la voix d'une bonne femme, une vendeuse de volaille. Mais la voix de la nourrice ne ressemblait à rien. Pas plus que ses yeux, d'un bleu pourri, qu'elle gardait sans cesse à terre, fixes et humides. Des yeux d'aveugle, aurait-on dit, mais la nourrice aurait alors gardé la tête haute et raide.

« … Notre demoiselle, celle qui connaît tous les livres », ajouta la nourrice dans un rictus.

Elle veut sourire maintenant, observa Egor avec un frisson. Il était aussi effrayé par ces yeux dont on aurait pu attendre un autre regard. Ce n'était pas tellement leur éclat enfoncé, fermenté, qui trahissait une repoussante envie de femelle. Egor se sentit mis à nu et léché par le regard lubrique de la nourrice. Il s'empourpra brusquement et détourna la tête. La répugnance et la honte lui firent presque oublier la question qu'il avait posée à la vieille. Ce fut le rire de Simina qui le réveilla. La nuque appuyée sur le dossier de sa chaise, la fillette riait à gorge déployée, montrant toutes ses dents dans la lumière trop forte de la lampe.

« C'est une menteuse ! » parvint-elle à dire entre les éclats de rire.

C'était un rire qui cingla les deux hommes jusqu'au sang. La nourrice souriait elle aussi, derrière les chaises. Elles se moquent de nous, songea Egor. Surtout Simina. Elle aussi a perçu la signification des regards de la nourrice. Ça aussi elle le sait, ça aussi elle le comprend !...

Simina feignait de lutter pour maîtriser son rire, en portant sa serviette à sa bouche et en se pinçant. Mais elle ne cessait de regarder la nourrice à la dérobée et repartait de plus belle à en suffoquer, à en pleurer. Finalement, elle saisit le couteau sur la table et se mit à fendre l'air, en gestes brefs, rapides. Comme si elle essayait de faire quelque chose, de diriger son attention ailleurs pour pouvoir se tranquilliser.

« Arrête de jouer avec ce couteau, dit alors M. Nazarie, sinon ton bon ange finira par te quitter !... »

Il avait parlé à l'improviste, mais sa voix était sévère, grave, comme faisant suite à une longue réflexion. Simina perdit sur-le-champ toute gaieté. Ses épaules se ramassèrent, comme si elle avait froid. Son visage aussi était devenu soudain inhabituellement pâle. Ses yeux brillaient cependant, de colère, de haine impuissante. Il a frappé dans le mille, le professeur, se dit Egor ragaillardi. Si elle le pouvait, cette petite sorcière nous brûlerait vifs séance tenante... Il la regardait dans les yeux sans pouvoir braver la fascination, les puissances qu'avait déchargées l'humiliation de Simina.

M. Nazarie remarqua que la nourrice regardait vers la porte avec étonnement. Il tourna la tête et vit Mme Mosco soucieuse, pensive, hésitante.

« C'est curieux, s'exclama Mme Mosco, Sanda n'est plus dans sa chambre... Je me demande où elle a bien pu aller !... »

Egor et M. Nazarie sautèrent en même temps de leurs chaises et se précipitèrent vers la chambre de Sanda sans dire un seul mot.

« Si seulement nous avions une bonne lampe, murmura Egor en courant, une lampe électrique de poche... »

Il ne pouvait songer à rien d'autre en cet instant, sauf à cette lampe électrique si pratique qu'il n'avait pas sur lui.

Il faisait sombre dans la chambre de Sanda. Egor gratta une allumette et chercha la lampe. La mèche était sèche, froide. Ses mains tremblaient un peu. La flamme aussi tremblait, jaunâtre et enveloppée de fumée.

« Nous n'aurions pas dû la laisser seule, dit M. Nazarie. Je ne sais plus que croire !... »

L'exclamation du professeur était très sincère, mais Egor ne lui répondit rien. Il avait remis le verre et montait maintenant la mèche avec attention. Quand la flamme grandit, Egor souleva la lampe et voulut sortir de la chambre. Il lui sembla cependant apercevoir quelque chose d'indéfini sur le lit. Il fit un pas, en tenant la lampe très au-dessus du lit. Il trouva Sanda étendue, presque habillée, les yeux ouverts, en train de le regarder.

« Que se passe-t-il ? » interrogea-t-elle avec difficulté.

Ses joues étaient empourprées et sa respiration accélérée, comme si elle venait de s'éveiller d'un grand effroi, ou si elle venait juste de s'arrêter d'une course effrénée.

« Où es-tu allée ? l'interrogea à son tour Egor.

— Ici ! »

Il était aisé de voir qu'elle mentait. Elle avait rougi encore davantage en parlant, et ses poings se serraient très fémininement.

« Ce n'est pas vrai, s'emporta Egor. Mme Mosco est venue il y a quelques minutes et ne t'a pas trouvée.

— Je dormais, répliqua Sanda, c'est vous qui m'avez réveillée… »

Sa voix tremblait. Son regard était humide, suppliant. Il semblait quémander dans les yeux d'Egor, mais il se dirigea aussi une fois vers M. Nazarie, qui était resté à une distance discrète du lit, renfrogné.

« Tu ne vois pas que tu es encore habillée, reprit Egor, tu n'as même pas eu le temps d'ôter tes chaussures !… »

Il arracha la couverture qui recouvrait le corps de la jeune fille. Plus aucun doute n'était possible. Sanda s'était jetée sur son lit et s'était couverte tout juste quelques instants auparavant. Mais par où était-elle venue, et d'où ?

Cette chambre me pèse à chaque fois que j'y entre, sentit Egor.

« Où es-tu allée, Sanda ? interrogea-t-il à nouveau, en rapprochant son visage de la tête de la jeune fille. Dis-moi où tu es allée, dis-le moi, mon aimée ! Je veux te sauver ! Tu comprends que je veux te sauver ? »

Il prononça ces derniers mots avec désespoir. La lampe tremblait dans sa main droite. Sanda s'effaroucha et se retira près du mur, les doigts crispés sur la bouche.

« Ne t'approche pas, Egor ! cria-t-elle. J'ai peur de toi !... Que veux-tu ? »

M. Nazarie lui aussi eut peur. Car la lumière éclairait faiblement le visage d'Egor, et ses yeux luisaient, brûlants de courroux.

« Que voulez-vous de moi ? » s'exclama une fois encore Sanda.

Egor déposa délicatement la lampe sur la petite table, puis se pencha davantage vers la jeune fille, la saisit aux épaules et se mit à la secouer. Il se heurta à la même résistance qu'au coucher du soleil. Elle aussi elle la détourne, elle aussi elle l'envoûte...

« Réveille-toi, Sanda, dit-il tendrement, le médecin va bientôt arriver. Pourquoi ne veux-tu pas me dire où tu es allée ? »

Sanda tremblait encore, de froid, de fièvre. Elle se mordait les lèvres et se tordait les mains.

« Tu m'aimes, Sanda, dis-moi, tu m'aimes ? » interrogea à nouveau Egor.

La jeune fille se mit à se débattre. Elle voulait enfoncer sa tête dans l'oreiller, mais Egor lui prit les mains et l'obligea à le regarder, tandis qu'il répétait la même question, lancinante.

« J'ai peur ! Fermez la porte ! cria soudain Sanda en tremblant.

— Il n'y a personne à la porte, la tranquillisa Egor. Et tu peux voir toi-même qu'elle est fermée… »

Il se mit de côté, pour que la jeune fille puisse regarder sans obstacle devant elle, en direction de la porte. Sanda leva les yeux un instant, puis se cacha le visage dans les mains. Elle se mit à pleurer à gros sanglots, comme un long soupir interrompu. Egor s'assit sur le lit, près d'elle.

Elle le regarda un instant dans les yeux, comme si elle s'apprêtait à lui dévoiler un secret, puis brusquement cacha son visage dans ses mains, effondrée.

« Où es-tu allée ? lui demanda Egor en un murmure.

— Je ne peux pas le dire, se lamenta la jeune fille, je ne peux pas le dire !… »

Elle se collait à Egor, se serrait contre lui, épouvantée et délirante. Sa chaleur était douce, et la fermeté de sa chair lui était un appui. Mais soudain, elle se défit de lui, comme transpercée de part en part, et se retira terrorisée vers le mur.

« Je ne veux pas mourir, Egor ! cria-t-elle avec une force insoupçonnée. Je ne veux pas qu'on me tue moi aussi !… »

Les deux hommes tendirent les bras pour la recevoir, évanouie.

10

Quand ils s'approchèrent de la porte avant de se séparer, M. Nazarie se retourna vers Egor et lui dit :

« J'ai l'impression de rêver sans cesse depuis ce matin...

— J'aimerais que vous ayez raison, répondit Egor. Mais je suis *presque* sûr que nous ne rêvons pas... Malheureusement », ajouta-t-il, plus grave.

Ils se souhaitèrent bonne nuit et se quittèrent. Egor ferma la porte à clé, puis s'approcha de la fenêtre et la ferma. Il se mouvait dans la chambre en faisant très attention, en contrôlant chacun de ses gestes. Comme s'il s'apprêtait à se coucher sous l'œil invisible d'une créature cachée. À présent, il n'avait plus peur. Mais il se sentait exténué, le sang malade comme à la suite d'une fièvre. Il se promit de passer une bonne partie de la nuit éveillé. L'horloge allait bientôt sonner deux heures ; encore une heure, et il pourrait se coucher tranquillement.

Car à l'approche de l'aube, il ne redoutait plus le moindre rêve.

Néanmoins, dès qu'il eut passé son pyjama, il ne put résister davantage. Il secoua la tête à plusieurs reprises, il se donna des tapes sur le corps – sans parvenir à chasser cette somnolente indolence qui avait brusquement envahi ses veines. Il s'endormit la lumière allumée, les mains sur le duvet. Sa tête pencha obliquement sur l'oreiller blanc. Quelque part, d'un recoin du plafond, quelques moustiques invisibles prirent leur vol.

Il se réveilla soudain dans un grand salon aux murs dorés, avec de gigantesques lustres aux pendeloques de cristal. Bon, voilà le rêve qui commence, se dit Egor, et il essaya de se débattre, de le fuir. Mais il fut surpris de voir autour de lui tant d'inconnus si élégamment habillés. Surtout les femmes, en robes très longues et serrées à la taille.

« *Vous êtes à croquer*[1] *!...* » entendit-il une voix masculine à côté de lui.

Puis des rires de femmes. Où ai-je déjà entendu les mêmes mots ? se demanda Egor, perplexe. Ou peut-être les ai-je lus quelque part, il y a longtemps... Il se rappela cependant que tout ce qu'il voyait n'était qu'un rêve et se tranquillisa. Au moins, si je pouvais me réveiller rapidement...

1. En français dans le texte. (N. du T.)

Une musique très étrange et pourtant bien connue l'enveloppa à l'improviste. Une vieille mélodie, d'une joyeuse mélancolie, revenant en même temps que des souvenirs troubles, qui tenaient davantage de l'enfance et des rêves que d'événements. Il se mit à marcher attentivement entre ces couples élégants. Il s'était rendu compte qu'autour de lui les gens dansaient. Évitant les couples, il se glissa le long des murs. Oui, nous sommes vers 1900, se dit-il. Ces gens-là doivent sûrement s'étonner de me voir ainsi habillé. Il se regarda avec une certaine timidité. Il lui fut difficile de se reconnaître ; ses habits étaient autres, jamais il ne s'était vu vêtu de la sorte. Mais au même moment, ses étonnements lui parurent incompréhensibles. À côté, on parlait français. Une voix mélodieuse de jeune femme, qui se sait écoutée aussi par des hommes invisibles. *Elle sait* que je suis ici, songea Egor enchanté. Il fit quelques pas vers le miroir pour apercevoir le visage de la femme. Elle aussi le regarda. Des lèvres très rouges et une ombre légère au-dessus de la bouche. Il ne la connaissait pas. Peut-être la dame désirait-elle lui être présentée, car elle lui sourit. Mais tout l'étrange groupe le regardait. Il ne connaissait personne dans ce salon où il était entré sans le vouloir. Il passa plus loin, dans une autre chambre. Des tables recouvertes de drap vert. Ici l'on joue aux cartes, se dit rapidement Egor. Ça ne m'intéresse pas. Il s'étonna pourtant de ne percevoir presque aucun des propos que les joueurs échangeaient.

Il regagna la salle de danse. Il semblait faire plus chaud maintenant. Les femmes s'éventaient avec de grands éventails soyeux. Il sentit que quelqu'un le regardait, scrutateur, d'un coin. Il se retourna. L'homme lui sembla connu. Il ne pouvait cependant pas se souvenir de son nom. Puis, soudain, la lumière se fit : Radu Prajan. Que cherchait-il ici ? Et comme il avait changé, quel déguisement absurde… Son ami le regardait attentivement, sans ciller. On voyait bien qu'il n'était pas vraiment à sa place dans cette réunion de gens riches, au beau milieu de la fête. Personne ne lui parlait. Egor se dirigea vers le divan près duquel Prajan avait trouvé appui. Il avait compris tout ce que lui disait son regard : de se hâter, de venir au plus vite près de lui, très près de lui…

Toutefois, qu'il était malaisé de se mouvoir dans une salle de bal ! À chaque fois, d'autres couples surgissaient sur le chemin d'Egor. Il se frayait une voie en jouant des coudes, d'abord en demandant poliment pardon, puis – exaspéré par tant d'obstacles – en donnant des coups, en marchant sur les pieds des dames, en gesticulant. Les quelques mètres qui le séparaient de Prajan lui paraissaient maintenant absurdement longs. Il luttait depuis longtemps pour parvenir jusqu'à lui, et Prajan restait toujours aussi loin, le regardant sans cesse dans les yeux, l'attendant. Et il comprenait si clairement ses appels…

Il sentit soudain un bras de femme entourer sa taille. Au même instant, les couples autour de lui s'embuèrent. Il tourna la tête vers Prajan. Il n'aperçut que ses yeux. Il s'était élevé très haut, et maintenant, son déguisement paraissait encore plus ridicule, plus absurde.

« Allez, regarde-moi, mon amour ! »

Mademoiselle Christina lui avait parlé très près de l'oreille. Il sentit son souffle chaud, tentateur, et reconnut la lourde odeur de violette. Il retrouva également la terreur et le dégoût de naguère.

« Tu n'aimes guère nos fêtes, Egor », ajouta Mademoiselle Christina.

Chaque mot lui donnait le vertige. À chaque son, il s'éveillait dans un autre espace, dans une autre dimension.

« Nous sommes chez nous à la maison, mon amour ! » reprit Mademoiselle Christina.

Elle l'avait pris maintenant par la main, indiquant de l'autre bras les murs de la pièce qu'ils traversaient. Egor reconnut la salle à manger. Rien n'était changé ; peut-être les meubles semblaient-ils plus neufs, un peu moins tristes.

« Tu veux venir chez moi ? » l'interrogea soudainement Christina.

Elle voulut lui faire monter de force les escaliers, mais Egor résista. Il se retira près de la fenêtre. Il fit un effort pour dire :

« Tu es morte… Tu *sais* que tu es morte… »

Mademoiselle Christina sourit tristement et s'approcha à nouveau d'Egor. À présent, elle était plus pâle. Peut-être était-ce la lumière de la lune qui la baignait. (Une lune apparue subitement, inattendue, observa Egor.)

« Mais je t'aime, Egor, chuchota-t-elle. Et pour toi je viens de si loin… »

Egor la regarda avec haine. Si seulement il avait assez de force pour crier, pour s'éveiller… Christina semblait lire toutes ses pensées, car elle sourit plus tristement encore, plus désespérément.

« Tu es toujours ici, reprit Egor, tu ne viens de nulle part…

— Tu ne comprendras jamais, mon amour ! murmura Christina. Car toi, je ne veux pas te perdre, je n'ai pas besoin de ton sang… Je veux que tu me laisses parfois t'aimer !… »

Elle avait parlé avec tant de passion, avec une telle avidité d'amour qu'Egor en fut épouvanté. Il essaya de fuir. Il lui sembla courir dans un couloir sans fin, inconnu, sinistre. Au bout de quelques instants, il se crut seul. Il respira profondément, apeuré, épuisé. Il se mit à marcher au hasard, abasourdi, sa volonté aveugle. Le couloir se déroulait comme une galerie de mine. Il perçut soudain, le frappant de plein fouet, une vague odeur de violette. Egor hésita un moment, puis se décida brusquement et ouvrit la première porte qu'il rencontra. Le sang lui battait puissamment aux tempes. Il demeura la tête appuyée contre la porte, à l'écoute ; allait-on entendre à nouveau les pas de Mademoiselle Christina ? Le silence s'éternisait. Fatigué, Egor tourna la tête. C'était sa propre chambre. Il était entré sans le savoir dans sa chambre. Toutes ses affaires étaient là : la boîte à cigarettes sur la petite table, et le verre d'où s'évaporaient les ultimes gouttes de cognac. Pourtant, quelle drôle de lumière rassemblait toutes ces choses éparpillées dans la chambre… Comme si on les voyait dans un miroir.

Egor se jeta sur le lit. Si je pouvais m'endormir rapidement, se dit-il. Mais ici aussi, il retrouva le parfum de violette. Cette fois-ci, il n'avait plus la force de se rebeller, de fuir. Mademoiselle Christina était juste à côté de lui, comme si elle l'attendait depuis longtemps sur le rebord du lit.

« Pourquoi fuis-tu, Egor ? lui demanda-t-elle en le fixant dans les yeux. Pourquoi ne me laisses-tu pas t'aimer ? Ou peut-être aimes-tu vraiment Sanda ?… »

Elle se tut et continua de le regarder – triste, impatiente, menaçante ? Egor pouvait difficilement la comprendre. Il pouvait difficilement lire sur son visage si vivant et pourtant si glacé. Et ses yeux étaient trop grands, trop fixes, comme deux anneaux de cristal.

« Si Sanda t'est chère, poursuivit Christina, elle ne le sera plus… Elle ne vivra plus longtemps, la pauvrette… »

Egor se redressa à moitié sur le lit. Il aurait voulu se précipiter sur elle, la menacer, mais ne trouva que la force de soutenir son regard.

« Mais toi tu es morte, Christina ! cria-t-il. Tu ne peux plus aimer ! »

Christina se mit à rire. Il l'entendait rire pour la première fois. Précisément comme il se l'était imaginé quelques jours auparavant, en voyant son portrait : un rire de jeune fille, sincère et pur.

« Ne me juge pas si rapidement, mon amour ! s'exclama Christina. Je viens d'ailleurs… Mais je suis encore femme, Egor ! Et s'il y a eu des jouvencelles pour s'éprendre d'étoiles, pourquoi ne pourrais-tu pas, toi aussi, t'éprendre de moi ?… »

Elle attendit quelques instants la réponse d'Egor.

« Je ne peux pas, finit-il par dire. J'ai peur de toi !… »

Il eut sur-le-champ honte de ce lâche aveu. Il aurait dû tenir tête, lui répéter sans arrêt qu'elle était morte et que lui, il était vivant…

Christina avança le bras pour le caresser… Egor sentit aussitôt cet attouchement sans pareil qui lui glaça le sang dans les veines.

« Tu me prendras un jour dans tes bras puissants », dit doucement Christina.

Sa voix était intime, chuchotante. Et son corps s'était beaucoup rapproché.

« Tu m'aimeras, alors, Egor, ajouta-t-elle. Ne pense plus à Sanda, tu ne la reverras plus… »

Elle s'arrêta à nouveau, continuant de le caresser.

« Que tu es beau ! Que tu es grand et chaleureux !… Je n'ai pas peur de toi ; où que me conduise cet amour, je n'ai pas peur… Pourquoi est-ce justement toi qui hésites, Egor, toi qui es un homme ?… »

Egor s'efforça une fois encore de s'arracher à l'envoûtement de Christina, de briser le rêve. L'odeur de violette l'étourdissait, la proximité du corps de Christina l'éprouvait. Il ne réussit qu'à s'éloigner quelque peu d'elle, vers le mur.

« J'aime Sanda, murmura-t-il, et je prie Notre Seigneur Dieu et la Sainte Vierge mère de Dieu !… »

Il avait commencé en un murmure, mais les dernières paroles, il les prononça assez fort. Christina s'éloigna d'un bond du lit et porta ses mains à ses yeux. Elle demeura ainsi longtemps, loin de lui.

« J'aurais pu glacer tes pensées et te dessécher la langue, dit-elle. Je pourrais n'importe quand t'avoir en mon pouvoir, Egor !… Il m'est facile de t'ensorceler, de faire de toi tout ce que je veux… Tu me suivrais toi aussi, comme les autres… Et il y en a beaucoup, Egor… Je n'ai pas peur de tes prières… Tu n'es qu'un vivant… Moi, je viens d'ailleurs.

Tu ne pourras pas comprendre, personne ne peut comprendre… Mais toi, je ne voulais pas te tuer, mon amour, avec toi je voulais me fiancer… Bientôt, tu me verras aussi *autrement*. Et alors, tu m'aimeras, Egor… Cette nuit, tu n'as pas eu trop peur de moi… Et même *maintenant*, tu n'auras pas peur, mon amour. Tu vas te réveiller, à présent, quand je le veux, tu vas t'éveiller… »

… Beaucoup plus tard, Egor s'aperçut que depuis longtemps il gisait les yeux ouverts, sans pensée, sans mémoire. Il se souvint soudain de Christina. Je me suis éveillé à son commandement, saisit-il. Il savait où il l'avait laissée dans son rêve : au milieu de la chambre, toute droite, en train de le fixer de ses yeux terreux. Il tourna brusquement la tête. Mademoiselle Christina n'était plus là. Donc, j'ai rêvé, j'ai seulement rêvé… Le sang se précipita de partout vers son cœur. Un ravissement languissant se coula ensuite dans sa chair, comme s'il avait vaincu en un combat difficile et que ses muscles se préparaient au repos.

Pourtant, dans la chambre, le parfum de violette persistait. Et au bout de quelques instants, Egor commença de sentir quelque chose d'invisible et d'inconnu autour de lui. Ce n'était pas la présence de Mademoiselle Christina. Il se sentait épié par *quelqu'un d'autre*, dont il n'avait jamais éprouvé l'effroi. Sa peur s'expliquait à présent de manière totalement différente ; comme s'il s'était soudain éveillé dans un corps étranger, dégoûté à la fois de la chair, du sang, et de cette sueur froide qu'il percevait, et qui n'était plus tout à fait *à lui*. Le fardeau de ce corps étranger, c'était plus qu'il n'en pouvait supporter. Cela l'étranglait, aspirait son souffle, l'accablait. *Quelqu'un* le regardait de côté, très près de lui, et ce regard n'était plus celui de Mademoiselle Christina…

Jamais il ne se souviendrait combien avait duré ce lent étranglement, cet écœurement qui avait ravagé tout son être. Par moments, se mélangeant à la peur de *l'autre*, à cette présence indéfinie, il sentait pénétrer profondément en ses narines le parfum de violette. Le souvenir de Mademoiselle Christina lui paraissait maintenant beaucoup moins épouvantable. Dans le délire glacé de *l'autre*, la présence de Mademoiselle Christina était infiniment plus douce, caressante.

Brusquement, sans qu'il l'eût espéré, il se sentit libéré. Il pouvait enfin respirer à volonté, profondément. Celui qui était *l'autre* avait disparu sans laisser de trace. Le parfum de violette croissait à présent avec des forces nouvelles, chaud et féminin, pour l'étreindre. Pourtant, il n'avait plus peur. Egor ouvrit largement les yeux, cherchant dans l'obscurité près de lui. Quand Christina s'était-elle rapprochée, de quels pas imperceptibles était-elle venue si près du lit ? Elle lui souriait. Elle le regardait comme avant – comme dans son rêve – en souriant. Son visage paraissait illuminé de l'intérieur, car Egor percevait la ligne brisée du sourire, ses fines narines, ses cils légèrement baissés. Tu vois que tu n'as plus peur de moi, maintenant ! semblaient dire les yeux de Christina. Il existe des choses bien plus effrayantes que mon approche, Egor. C'est moi qui t'ai amené ici la terreur de *l'autre*, plus méchant et plus diabolique que moi…

Elle m'oblige à lire ses pensées, c'est elle qui m'ordonne ce que je dois penser, comprit Egor. Mais pourquoi ne parle-t-elle pas, pourquoi ne s'approche-t-elle pas de moi ? Je ne pourrais plus me défendre à présent…

À qui appartenait cette pensée qui pénétra dans son esprit presque sans son assentiment ? Avait-il vraiment pensé, lui, qu'il ne pouvait plus se défendre, ou Mademoiselle Christina lui avait-elle ordonné de penser ainsi, le préparant à de nouveaux événements ?…

Christina continuait de sourire. Tu vois que tu n'as plus peur de moi ! paraissaient dire ses yeux. Les degrés de la peur sont bien plus profonds, mon amour. Tu t'agripperas à moi, tu me serreras dans tes bras, tu trouveras sur mon sein la seule espérance, le seul salut, Egor !… Avec quelle netteté Egor entendait tous ces mots que les lèvres de Christina ne prononçaient pas, mais que son regard portait…

Tu m'aimeras, semblaient dire ses yeux. Tu as vu comme il m'a été facile de te suffoquer d'épouvante. *Quelqu'un* est venu près de toi, et cela a suffi à te perdre. *Quelqu'un que* tu ne connais pas, mais que tu n'oublieras jamais. Et comme lui, il y en a des centaines et des milliers, et tous sont à mes ordres, Egor, mon aimé… Comme tu te jetteras dans mes bras ! Quelle chaleur aura pour toi ma hanche, mon amour !…

Pensée après pensée, sans hâte, naturellement, clairement, Egor s'écoutait divaguer. Mademoiselle Christina savait sans nul doute tout ce qui se passait dans son esprit, car le voyant sans force et assagi, elle fit un pas vers lui. Puis encore un, jusqu'à arriver très près. Et *ce n'était plus* un rêve. Egor sentit avec précision ce corps irréel se mouvoir dans l'espace, déplaçant l'air autour de lui, le réchauffant. Je viendrai bientôt dans ton lit, nue, se prit à penser Egor. Et je te demanderai alors de me serrer très fort dans tes bras, mon amour !… Apprends à m'avoir près de toi, Egor. Tu vois, ça c'est ma main, et elle te caresse sans te faire peur ; c'est elle qui t'apporte la joie, cette main-là ; tu la sens maintenant, tu la sens posée sur ta joue ?

Mais Egor ne sentait plus rien. Quand la main de Mademoiselle Christina effleura sa joue, son sang s'éparpilla, son souffle se retira jusqu'au fond de sa poitrine. Le visage blanc, le front glacé, il gisait mollement sur son lit.

11

Le médecin fut retenu à déjeuner. Quand M. Nazarie entra dans la salle à manger, Mme Mosco se leva et lui présenta solennellement le jeune homme chauve, vêtu d'un habit de chasse.

« Monsieur le Docteur Panaïtesco, un homme de science très distingué et un infatigable apôtre », dit-elle. Puis, se tournant vers le médecin, elle ajouta en tendant le bras : « Monsieur le Professeur universitaire Nazarie, une gloire de la science roumaine… »

M. Nazarie baissa les yeux. Il était fatigué, nerveux ; il lui semblait rêver. Il serra la main du médecin et s'assit. La pâleur d'Egor le frappa, de même que ses yeux noyés de cernes. Il se prit à se reprocher son indifférence ; il était parti très tôt le matin dans les champs, vers les tumulus du septentrion du village, sans avoir vu son compagnon. Il le trouvait maintenant changé, épuisé. Il chercha ses yeux, pour saisir d'un regard ce qui avait pu arriver. Egor baissait la tête, pensif, ou peut-être seulement attristé.

« Monsieur le Professeur fait des fouilles archéologiques dans notre village, continua Mme Mosco. C'est un grand honneur pour nous que de l'avoir parmi nous…

— Vous avez trouvé quelque chose d'intéressant jusqu'ici, Monsieur le Professeur ? interrogea le médecin.

— Oh, nous n'en sommes qu'au début », murmura M. Nazarie.

Simina attendait qu'il poursuivît, qu'il parlât beaucoup et vite, heureux qu'on lui en fournît l'occasion. Mais M. Nazarie n'avait nulle envie de parler aujourd'hui. Il demanda en jetant un regard scrutateur au médecin :

« Comment avez-vous trouvé Mlle Sanda ? »

Le médecin haussa les épaules, puis se maîtrisa rapidement. Il se caressa légèrement le front, portant la main à son crâne comme s'il frémissait lui-même de le sentir si luisant et si sec sous ses doigts.

« Difficile à dire, hésita-t-il. En tout cas, ce n'est pas très grave. Une anémie excessive, avec peut-être un début de grippe ; une grippe assez bizarre, d'ailleurs… J'ai craint d'abord qu'elle n'ait de la fièvre… »

Il parlait en trébuchant sur chaque mot, traînant après chaque phrase. Peut-être n'a-t-il même pas la tête à ses malades, se dit M. Nazarie en regardant sans le vouloir l'habit de chasse. Le médecin surprit son regard et rougit brusquement.

« Cette veste vous étonne peut-être, dit-il en saisissant un bouton et en le tordant. C'est un costume assez commode... Et puis, j'ai vu que les journées étaient si belles, je me suis dit que ce ne serait pas mal... Vous savez, je ne suis pas un chasseur passionné, mais j'aime quelquefois sortir dans les champs avec un fusil... Nous autres intellectuels, nous sommes condamnés, vous vous l'imaginez très bien, rarement nous en avons l'occasion... Mais je n'ai pas de chien de chasse, et c'est plus difficile comme ça, seul, s'entend... »

Il se mit ensuite à manger, gêné. M. Nazarie avait baissé depuis longtemps les yeux sur son assiette.

« Et quand irez-vous chasser, Monsieur le Docteur ? » demanda gracieusement Simina.

Le médecin fit un geste vague de la main. Il était néanmoins très content que quelqu'un ait parlé de chasse. Il ne se sentait plus isolé, ridicule, compromis – à cette table entourée de tant de convives bizarres.

« Voudriez-vous m'emmener avec vous ? interrogea encore Simina, plus animée. Je n'y suis jamais allée... Je voudrais tellement chasser moi aussi une fois, ou au moins voir...

— Bien sûr, bien sûr, pourquoi pas ? » promit le médecin.

Egor leva les yeux et dirigea lentement son regard vers Mme Mosco, puis vers Simina.

« Ce n'est pas joli du tout pour une petite fille comme toi d'aller à la chasse, dit-il sévèrement. Voir mourir des animaux innocents, voir tellement de sang… »

Il la regarda dans les yeux en prononçant ces derniers mots, mais Simina ne parut nullement troublée. Elle baissa les yeux, comme une petite fille bien élevée chapitrée par un aîné. À aucun moment cependant elle ne laissa croire à Egor qu'elle avait saisi autre chose aussi de ses propos, une chose incompréhensible pour les autres.

« C'est vrai, ce n'est peut-être pas le spectacle le plus approprié pour un enfant, dit le médecin conciliant. Plus tard, quand vous serez plus grande… »

Simina sourit. M. Nazarie reconnut son sourire de toujours, victorieux, méprisant et pourtant discret. Il commençait à présent à avoir peur d'elle. Son regard si grave, écrasant, l'intimidait, le paralysait parfois. Par quel miracle contre nature cette froide ironie sourdait-elle de l'ovale angélique de son visage ?

« Je me réjouis que notre demoiselle aille bientôt mieux et contraigne Egor à peindre », dit soudain M. Nazarie pour changer de conversation.

Egor se tourna vers lui, le visage illuminé. Pourtant, ses lèvres tremblaient très légèrement.

Il était inhabituellement pâle. Comment se fait-il que nul ne remarque ce changement ? s'étonna M. Nazarie. Mais au même moment, il aperçut le regard froid et dur de Simina, et il s'empourpra ; comme si elle l'avait entendu, comme si elle lisait ses pensées. Simina observe, elle est la seule à comprendre, se dit M. Nazarie, décontenancé.

« Dans quelques jours sans doute, elle ira de nouveau bien, n'est-ce pas, docteur ? » s'enquit Egor.

Le médecin hocha vaguement la tête, avec bienveillance pourtant.

« Et la chasse ? parut se souvenir brusquement Mme Mosco. Vous ne nous avez rien dit sur la chasse. J'attends avec impatience de manger du gibier. Quelle chair aux saveurs nouvelles, quelle bonne chère !... »

Ses yeux étincelèrent durant quelques instants. Et son bras tendu au-dessus de la table frissonna, comme s'il recueillait le premier suc de ce gibier inconnu.

Sur ces entrefaites, Egor s'aperçut que la nourrice était entrée dans la salle à manger et attendait, vigilante, près de la porte. La femme qui servait à table était nouvelle. Peut-être qu'elle la surveille, se dit Egor pour se tranquilliser. Il n'appréciait pas du tout la proximité de la nourrice. Il avait la sensation pénible et indéfinie qu'elle se gaussait de lui, qu'elle s'entendait des yeux avec Simina, que toutes deux savaient ce qui advenait dans ses rêves…

« Très honorable dame, commença le médecin, la chasse n'est pas, tant s'en faut, mon art le mieux achevé. J'espère néanmoins… »

En cet instant, la nourrice s'approcha de la chaise de Mme Mosco et déclara :

« La grande demoiselle vous demande…

— Et pourquoi ne pas l'avoir dit d'emblée ? » interrogea Egor fâché, en se levant de table.

La nourrice ne lui répondit pas. Elle se contenta de regarder Simina en serrant les lèvres. Mme Mosco se leva, désorientée. Egor avait quitté la salle à manger avant qu'elle pût souffler mot.

Sanda les attendait au lit, la tête appuyée sagement sur plusieurs oreillers. Elle tressaillit en voyant Egor entrer le premier.

« Que s'est-il passé ? » interrogea-t-il, inquiet.

La jeune fille le regarda longuement, avec un amour infini. Elle semblait avoir peur de ce bonheur trop grand, dont elle ne savait plus que faire, qui venait trop tard.

« Il ne s'est rien passé, Egor, murmura-t-elle. Je voulais voir maman… Qu'elle me lise quelque chose », ajouta-t-elle très vite.

Egor se troubla : c'est absurde comme elle ment, comme elle s'empêtre toute seule sans rime ni raison… Ce matin, la lecture la lassait. Et maintenant, elle appelle sa mère, qui est à table, pour l'entendre lire des vers…

« Mme Mosco n'a rien à chercher ici, dit Egor sévèrement. Du moins, elle n'a rien à chercher ici en ce moment précis… »

Il s'approcha de la porte et tourna la clé. Le sang lui colorait les joues, mais sa décision était prise. Coûte que coûte, il voulait savoir…

« Je te prie de me dire maintenant », poursuivit-il affectueusement.

Sanda le regardait atterrée. Tant de pensées et de sensations la traversaient qu'elle ne se rendait plus compte de ce qui lui arrivait. Elle se cacha le visage dans les mains. Un instant plus tard, elle sentit la paume d'Egor sur son front.

« Dis-moi, très chère », murmura-t-il.

Puis il attendit. Sanda continuait de cacher son visage dans ses mains. Son sein palpitait, ses épaules tremblaient.

« … Car moi aussi, j'ai beaucoup de choses à te dire, ajouta Egor. Le médecin m'a dévoilé le secret de ta maladie… »

Sanda tressaillit à nouveau, de tout son corps. Elle releva le front et regarda Egor dans les yeux, s'efforçant de comprendre.

« Mais avant d'en arriver là, continua-t-il, je voulais te poser une question. *Tu vois souvent Christina ?* Je te le demande, parce que moi, je la vois… »

Elle aurait défailli si Egor ne s'était brusquement précipité vers elle, lui prenant les mains, les serrant. Elle avait mal là où ses doigts s'étaient enfoncés ; une douleur violente, vivante.

« … Je la vois moi aussi, reprit Egor, comme vous la voyez tous. Mais cette folie ne va plus durer longtemps, Sanda. Je transpercerai le cœur de la goule. Avec un pieu de bois je le lui transpercerai !… »

Il avait parlé si fort qu'il frissonna lui-même en s'entendant. Les mots avaient jailli de ses lèvres à son insu. L'idée lui était venue à l'instant, de parler une fois pour toutes clairement et brutalement à Sanda.

« Moi, je pensais surtout à toi, mon amour, commença-t-elle soudain, d'une voix éteinte. Je songeais que tu n'y es pour rien, qu'il faut t'échapper d'ici, partir au plus vite…

— Hier pourtant, tu me priais de rester, lui dit Egor.

— Ça, c'est ma faute, continua Sanda. Si j'avais supposé… mais je t'aimais, Egor, je t'aime !… »

Elle se mit à pleurer. Egor libéra ses mains, pour pouvoir lui caresser les cheveux, la joue.

« Moi aussi je t'aime, Sanda, et c'est pour ton bien que je suis resté…

— Ne fais rien, Egor, l'interrompit Sanda. Ce sera pis pour nous… Surtout pour toi… C'est à toi que je songeais. Si tu pouvais partir d'ici, t'en aller très loin, c'est pour ça que j'appelais maman. Pour lui dire que, pendant son absence, tu as été… insolent avec moi… Pour lui dire que je ne pouvais plus désormais te recevoir dans ma chambre, *qu'elle te mette à la porte…* »

Elle commença à sangloter. Egor l'avait écoutée calmement, tout en la caressant du même geste fraternel. Il s'était attendu à apprendre des choses plus graves, plus affolantes. C'est Christina qui lui a ordonné de me chasser. Et elle croit qu'elle le fait pour mon bien, pour me sauver, moi…

Au même moment, quelqu'un fit bouger la poignée de la porte. Sanda tressaillit. Son visage s'empourpra brusquement. La pudeur ; cela signifie qu'elle n'est pas encore perdue, complètement envoûtée, songea Egor.

« Pourquoi avez-vous fermé la porte ? » C'était la voix de Mme Mosco.

Egor se leva et s'approcha de la porte. Il s'apprêta à parler en pesant attentivement ses mots.

« Sanda m'a prié de fermer à clé, chère Madame Mosco. Elle désire rester seule pendant un certain temps… Elle a peur de qui que ce soit de la famille… Elle s'était endormie un peu, et il lui a semblé voir sa tante Christina, sa tante *morte…* »

Mme Mosco ne dit rien. Elle demeura près de la porte, s'efforçant de comprendre. Egor revint vers le lit, saisit la main de Sanda et lui chuchota dans le creux de l'oreille :

« Ils vont croire que nous nous sommes enfermés ici pour nous aimer. Ils croiront ce qui leur passe par la tête. Mais cela te compromet, toi, et t'oblige à m'accepter pour fiancé… *Il faut* nous fiancer tout de suite, Sanda… »

Mme Mosco secoua à nouveau la poignée.

« Mais ce n'est pas possible ! » Sa voix monta, un peu changée. « Que faites-vous là-dedans ? »

Sanda aurait voulu se lever du lit et aller ouvrir, mais Egor l'emprisonna de ses deux bras.

« Monsieur Paschievici ! » s'éleva la voix de Simina.

Egor se rapprocha à nouveau de la porte.

« Sanda est dorénavant ma fiancée, dit-il tranquillement. Elle m'a prié de la défendre !… C'est elle qui ne me permet pas de vous ouvrir. Elle veut rester avec moi seul…

— Qu'est-ce que c'est que ces fiançailles, enfermés à clé dans la chambre à coucher ! » dit Simina à haute voix.

Sanda se remit à pleurer, la tête enfouie dans les oreillers. Egor se maîtrisa malaisément.

« Nous sommes prêts à partir dans l'heure même, Madame Mosco, dit-il. Car Sanda n'a plus rien maintenant… »

Il entendit des pas s'éloigner dans le couloir. Egor revint vers le lit. Il se prit les tempes entre les mains. Qu'ai-je fait ? Qu'ai-je fait ? Où avait-il soudain trouvé tant de force et de folie pour se décider ?

« Tu regrettes, Sanda ? l'interrogea-t-il en lui caressant le front, tu regrettes d'être ma fiancée contre ton gré ? »

La jeune fille s'arrêta de pleurer, lui jeta un regard effrayé, puis entoura son cou de ses bras. C'était son premier geste d'amoureuse. Egor se sentit de nouveau fort, puissant, heureux.

« Tu regrettes vraiment ? lui demanda-t-il encore une fois, la voix tremblante.

— Si seulement je ne mourais pas d'ici là !... » murmura Sanda en frissonnant.

12

Quelques heures plus tard, Egor rencontra M. Nazarie dans la salle à manger. Il paraissait très agité, le regard ébahi, les gestes impatients et précipités.

« Que s'est-il passé ? demanda-t-il à voix basse. Mme Mosco s'est enfermée dans sa chambre, vous vous êtes enfermé dans la chambre de Sanda, la petite fille a disparu... Que s'est-il passé ?

— Moi non plus je ne sais pas très bien ce qui s'est passé, répondit Egor d'un ton las. Je sais que je me suis fiancé à Sanda. Je l'aime, je veux la sortir d'ici au plus vite... »

Il avait parlé avec émotion et inquiétude. M. Nazarie ne cessait de gesticuler.

« J'ai peur pour elle, pour sa vie, ajouta Egor en un murmure. Ces forcenés sont capables de l'étrangler... »

M. Nazarie savait fort bien qu'Egor mentait, qu'il ne craignait point la démence de

Mme Mosco. Il hocha cependant la tête avec conviction.

« Vous avez très bien fait de vous fiancer, dit-il. Cela met fin à tous les malentendus. Plus personne ne pourra rien… »

Egor ne put maîtriser un geste d'impatience et de crainte.

« Moi, je me fiance, et elle, elle s'évanouit, dit-il, d'une voix étouffée. Sanda est évanouie depuis une demi-heure… Et je n'y peux rien. Que pourrais-je faire ?… »

Il commença à faire les cent pas dans la salle à manger, en fumant.

« Il faudrait que nous fuyions d'ici au plus vite, tant qu'il est encore temps. Mais le médecin devrait la voir… Où est-il, le médecin ?…

— Il est parti à la chasse, répondit gauchement M. Nazarie. Il est parti tout de suite après déjeuner. Je n'en savais rien moi-même. C'est la gouvernante qui me l'a dit… Mais il a dit qu'il reviendrait vers le soir… »

Egor s'assit tout en achevant sa cigarette, méditatif.

« Je l'ai enfermée à clé, dit-il brusquement en cherchant dans sa poche. Voilà, c'est la clé de sa chambre… »

Il la montra victorieusement. Lui aussi, ses yeux brillent étrangement, songea M. Nazarie. Qui sait quelle bêtise il aura faite…

« Seulement, que personne n'aille entrer par la fenêtre, poursuivit Egor en regardant dans le vague. Surtout maintenant, c'est bientôt le coucher du soleil…

— Et que voulez-vous faire ? » interrogea M. Nazarie.

Egor sourit comme pour lui-même. Il semblait hésiter à dévoiler le fond de sa pensée.

« Je vais chercher Simina, finit-il par dire. Je crois savoir à peu près où est allée se cacher la sorcière…

— J'espère que vous n'allez pas vous battre avec une enfant, dit M. Nazarie, que vous n'allez rien lui faire, je veux dire… »

Egor se leva inopinément de sa chaise et prit le professeur par le bras. Il lui remit gravement, avec solennité, la clé de la chambre de Sanda.

« Vous savez quelle est sa chambre ? demanda-t-il. Je vous prie de la garder jusqu'à mon retour. Vous fermerez à clé de l'intérieur… J'ai peur *d'eux*, ajouta Egor. Quand je songe que je l'ai laissée seule si longtemps… »

Ils sortirent de la salle à manger et se dirigèrent vers la chambre de Sanda. La maison paraissait déserte. Ils ne rencontrèrent personne, aucun bruit n'était perceptible de nulle part. À une fenêtre, les jalousies étaient encore baissées, comme lors d'un après-midi d'été. Le silence était encore plus triste là-bas, dans l'ombre.

« Vous m'attendez ici et vous n'ouvrez à personne d'autre qu'à moi, quoi qu'il arrive », murmura Egor en ouvrant la porte.

M. Nazarie entra, ému. Rien de grave ne s'est passé dans cette chambre, observa-t-il en jetant un regard de tous côtés. Sanda semblait dormir profondément, le souffle entrecoupé, inaudible.

Egor courut directement vers la vieille écurie. À l'intérieur, il commençait à faire sombre. Aux fenêtres, les carreaux étaient maintenant plus ternes. Egor se dirigea vers la calèche de Mademoiselle Christina. Il regarda attentivement dans tous les coins, sans découvrir la petite silhouette de Simina. Elle s'est cachée ailleurs, se dit-il. Il se mit à examiner la calèche ; elle était vieille, rongée par les pluies, les coussins râpés. Il hésita quelques instants en songeant à Simina, se demandant où il pourrait bien la chercher.

Quand il sortit de l'écurie, le soleil se noyait au loin, à la limite des champs. Il fera bientôt sombre, se dit Egor avec crainte. Les moustiques vont venir…

Il ne savait quelle direction prendre. Il partit d'un pas traînant, pensif, vers les communs. Il ne voyait personne. L'endroit paraissait désert, et la solitude semblait plus effrayante entre tous ces murs et ces outils. Des hommes étaient récemment passés par ici. On voyait des traces de feu, des cendres et des ramilles à moitié brûlées ; on apercevait aussi des chiffons secs, des pots d'argile oubliés, du crottin et du grain. Néanmoins, le silence était tel que l'endroit paraissait abandonné. On n'entendait pas le moindre chien, on ne voyait pas le moindre oiseau.

Egor arriva au seuil du cellier. Il y était entré au premier jour de sa venue ici. Il y était descendu avec tout un groupe d'invités ; Sanda leur avait montré les marches de pierre du temps de Tudor Vladimiresco et la pièce murée tout au fond, où s'était caché un de leurs ancêtres qui était demeuré trois semaines sous terre ; un domestique fidèle lui apportait chaque soir un pot de lait et une miche de pain. Sanda leur avait montré la brèche par laquelle se faufilait le valet. Comme le temps avait passé depuis cette journée d'automne, chaude et limpide, quand les yeux de Sanda brillaient de malice et que tant de voix jeunes retentissaient dans l'escalier !… Il lui semblait que des semaines s'étaient écoulées depuis ces temps heureux. Pourtant, il y avait quelques jours à peine…

Il alluma une cigarette et s'en fut plus loin, vers les cuisines. Il lui parut cependant entendre des pas timides derrière lui. Il tourna la tête. Personne. Néanmoins, le bruit avait été clair, précis. Il ne ressemblait pas aux bruits de la nuit, c'était les pas d'un être vivant. Il attendit quelques instants. Avec précaution, s'efforçant de faire le moins de bruit possible, la silhouette de Simina apparut au seuil du cellier. Quand elle aperçut Egor, la petite fille tressaillit. Elle mit ses mains dans le dos, sagement, et se dirigea vers lui.

« Je ne comprends rien aux étiquettes, dit-elle en le regardant droit dans les yeux. Maman m'a envoyée à la cave chercher une bouteille d'eau minérale, et je n'ai pas réussi à me débrouiller. Il y a tellement de bouteilles avec des étiquettes… Et je ne m'imaginais pas qu'il faisait si noir là-bas…

— Depuis quand Mme Mosco t'envoie-t-elle, toi, chercher des bouteilles d'eau minérale ? demanda Egor. Il y a tant de domestiques par ici… »

Simina haussa les épaules en souriant.

« Je ne sais pas ce qui s'est passé, mais il ne reste plus que la nourrice… Les autres, ils disent qu'ils sont partis faire les vendanges… »

Elle indiqua de son bras nu le septentrion, au-dessus des acacias.

« Il y avait encore la nouvelle servante, ajouta-t-elle, mais elle est tombée malade… C'est si difficile de faire tant de choses toute seule… »

Egor s'approcha d'elle et lui caressa les cheveux. Elle les avait doux, parfumés, chaleureux. Simina se laissa cajoler en baissant les cils.

« Je regretterai beaucoup pour toi, Simina, de te laisser seule ici à faire la besogne, dit Egor.

Demain matin, nous partons, Sanda et moi… »

La fillette évita lentement, imperturbable, la caresse d'Egor. Elle leva des yeux étonnés vers lui.

« Sanda est malade, dit-elle, et Monsieur le Docteur ne la laissera pas...

— Elle n'a pas été exactement malade, l'interrompit Egor, elle était plutôt effrayée. Il lui semblait voir sa tante morte...

— Ce n'est pas vrai ! » dit Simina très vite. Egor se mit à rire. Il jeta au loin sa cigarette et lissa ses cheveux. Des gestes nombreux, décousus, comme s'il s'évertuait à prouver à Simina la totale absurdité de son interruption.

« Finalement, cela n'a aucune importance, poursuivit Egor. Demain nous partons... »

Simina se mit à sourire.

« Maman m'attend sans doute avec une bouteille d'eau minérale, dit-elle pensive. Seriez-vous assez bon pour m'aider ? »

Elle me tend un piège, songea Egor. Un frisson le parcourut lorsque Simina lui montra l'entrée du cellier. Mais la petite fille le regardait d'un œil si dédaigneux qu'il eut honte de ses alarmes.

« Avec plaisir », répondit Egor en se dirigeant vers la cave.

Cependant, l'invite de Simina avait brouillé tous ses soupçons. Elle ne me cache rien et reconnaît sans crainte où elle a été. Peut-être était-elle vraiment allée au cellier chercher une bouteille d'eau minérale...

« Tu sais où sont les bouteilles ? » lui demanda-t-il en descendant les marches de pierre.

Il entendit le souffle précipité de Simina, qui le suivait. Si elle est tellement émue, c'est que je suis tombé dans le piège, se dit Egor.

« Elles sont plus loin, au fond », répondit Simina.

Egor était arrivé au bout des marches. Il sentit sous sa semelle le sable humide de la cave.

« Attends que j'allume une allumette », dit Egor.

Simina lui saisit le bras. Le geste avait été brusque, impérieux.

« On voit encore assez, dit-elle. Ou peut-être avez-vous peur ? »

Elle se mit à rire. Egor sentit courir le long de son dos les mêmes frissons d'épouvante que la nuit dernière. Ce rire ne ressemblait plus au rire coutumier de Simina. Sa voix aussi avait changé, impérative, sensuelle, féminine. Egor serra les poings. J'ai été un imbécile, songea-t-il. Il gratta quand même l'allumette et jeta un regard sévère, menaçant, à Simina. La fillette éclata de nouveau de rire.

« Notre preux Egor ! » dit-elle avec une dérision infinie.

Puis elle souffla l'allumette et prit les devants, pour indiquer le chemin.

« Simina, quand je sortirai, je te tirerai les oreilles !

— Pourquoi ne pas le faire maintenant ? rétorqua Simina en s'arrêtant et en croisant les mains au dos. Essaie !… »

Egor se mit à trembler. Une fièvre étrange avait envahi ses membres. C'est probablement comme ça que ça commence, que commence toute folie…

« Si vous avez peur, vous n'avez qu'à vous en retourner ! » reprit Simina.

Comme cette voix était inconnue, comme elle était étrange sur ses lèvres petites et rouges ! Egor sentait un poison s'insinuer dans son sang ; une envie folle, bestiale, qui gagnait tout son corps. Il ferma les yeux, essayant de se rappeler le visage de Sanda. Il ne vit qu'un voile de buée rouge. Il n'entendit que la voix ensorceleuse de Simina.

« Va, n'aie pas peur », dit à nouveau Simina.

Egor la suivit. Ils entrèrent dans la troisième pièce. On distinguait péniblement de vieilles armoires pourries appuyées contre les murs. Un œil-de-bœuf avec des barreaux luisait encore d'une lumière sale, fatiguée. Dans un coin, il y avait des sacs et des paniers déchirés.

« Qu'as-tu ? » l'interrogea Simina en s'approchant de lui.

Elle lui prit la main. Egor la laissa faire, haletant. Ses yeux se voilaient. Il s'éveilla soudain au milieu d'un songe rêvé il y avait longtemps, essayant en vain de se souvenir quand il était sorti de lui-même, quand il avait commencé une autre vie. Qu'il fait bon comme ça, ce qu'il fait bon auprès de Simina !...

« Assieds-toi ! » lui ordonna la petite fille.

C'est ce qu'il aurait dû faire dès le début, se jeter sur les sacs et se reposer. Ses membres brûlaient, ses mains tremblaient. Il sentit le corps de Simina à côté de lui.

« Elle est *ici* ? demanda Egor presque contre son gré.

— Non. Il est encore trop tôt, murmura la fillette.

— Mais *elle* demeure ici, n'est-ce pas ? » interrogea Egor comme en songe.

Simina hésita un instant. Elle finit par sourire, elle n'avait plus rien à craindre. Egor ne pouvait plus résister. Maintenant, son esprit était égaré.

« Elle est ici, près de nous ! » chuchota Simina très près de son oreille.

Egor se mit à trembler, secoué de frissons.

« Toi, tu n'as pas peur ? » demanda-t-il à nouveau.

Simina rit et se rehaussa, pour lui caresser les cheveux.

« Il fait bon avec elle ; je n'ai pas peur. Et toi non plus, tu n'auras plus peur !...

— Simina, ne me laisse pas seul ! » cria Egor, la serrant dans ses bras.

Il la serra fort, aveuglément.

« Calme-toi ! » murmura Simina.

Un instant plus tard, elle rapprocha sa bouche de son oreille.

« Cette nuit, ne ferme pas la porte à clé ; elle viendra pour de vrai. Elle viendra chez toi, toute nue… »

Elle se mit à rire, mais Egor n'entendait plus son rire perdu. Tout s'évaporait devant ses yeux, dans son esprit, dans ses souvenirs.

« Ce que tu es bête, Egor ! reprit Simina. Et ce que tu es faible !… Si je m'en allais, tu mourrais de peur !…

— Ne me laisse pas, Simina ! râla Egor d'une voix plus éteinte. Pardonne-moi, Simina ! Ne me laisse pas seul !… »

Il se mit à lui baiser les mains. Des gouttes de sueur froide perlaient à son front. Son souffle se faisait plus profond, heurté et brûlant.

« Pas comme ça, Egor, pas comme ça ! murmura Simina. Embrasse-moi où je le veux !… »

Elle emprisonna prestement sa bouche et planta ses dents dans ses lèvres. Egor ressentit une volupté inimaginable, céleste et divine dans toute sa chair. Il rejeta la tête en arrière, s'abandonnant à ce baiser de sang et de miel. La petite fille lui avait écrasé les lèvres, les blessant. Son corps encore vert demeurait froid, svelte et frais. Quand elle perçut le sang,

Simina le recueillit avidement. Mais elle sauta rapidement sur ses pieds.

« Ça ne me plaît pas, Egor. Tu ne sais pas embrasser !... Tu n'es qu'un imbécile !...

— Oui, Simina, murmura Egor hébété.

— Embrasse ma chaussure ! »

Elle tendit le pied. Egor étreignit de ses mains tremblantes la cuisse de la fillette et se mit à l'embrasser.

« La chaussure ! »

Quelle joie dans cette humiliation inimaginable, dans ce poison chaud ! Egor baisa sa chaussure.

« Tu es bête ! Je voudrais te battre !... Et je n'ai rien ici, pas le moindre fouet !... »

Egor se mit à pleurer, la tête posée sur un sac.

« Arrête de pleurer, tu m'énerves ! cria Simina. Enlève ta veste ! »

Egor se déshabilla lentement, vide de pensée, le visage souillé de larmes et de poussière. Il avait quelques taches de sang autour de la bouche. L'odeur du sang avait exaspéré Simina. Elle s'approcha de la poitrine nue de l'homme et se mit à griffer, à mordre. Plus la douleur s'incrustait profondément dans la chair, plus doux paraissaient les ongles ou la bouche de Simina. Pourtant, je devrais m'éveiller de ce rêve, se dit une fois encore Egor. Il est temps de me réveiller, autrement je vais devenir fou. Je ne peux plus le supporter, je n'en peux plus !

« Pourquoi ne gémis-tu pas ? interrogea Simina. Pourquoi ne te défends-tu pas ? »

Ses coups de griffe étaient à présent furieux, violents. Mais Egor n'avait pas de quoi gémir. L'humiliation distillait en lui des voluptés que jamais il n'avait imaginé pouvoir être accordées à un mortel.

« Tu es un couard ! reprit Simina. Tu es aussi bête que tous les autres !... Je ne comprends pas comment *elle* a pu s'éprendre de toi !... »

Elle s'arrêta soudain, brusquement. Comme si elle aussi avait peur. Elle écouta.

« *Quelqu'un* vient, Simina ? interrogea Egor, somnolent.

— Non. Mais il faut rentrer. Peut-être Sanda est-elle morte... »

Egor sursauta, épouvanté, les mains aux tempes. Une douleur terrible lui vrilla le cerveau. Il se rendit compte d'où il se trouvait, il se souvint avec précision de tout ce qui s'était passé, mais il ne savait pas comment il était arrivé ici, comment il avait supporté, comment il avait enduré...

Quel affreux dégoût de lui-même, quelle répulsion pour le corps de Simina, quel mal de vivre... Il était là, sans force. Il n'était même pas capable de la regarder dans les yeux.

« N'oublie pas ce que je t'ai dit, ajouta Simina en secouant sa robe. Ne ferme pas ta porte à clé... »

Elle ne se donne même pas la peine de me menacer, songea Egor. Elle sait que je n'aurai pas le courage de le dire, de la trahir…

Simina attendit qu'il se relevât et qu'il remît sa veste. Elle ne l'aida point. Elle le regardait de loin, méprisante, avec un sourire las et amer.

13

M. Nazarie comptait les minutes avec impatience. Dans la chambre de Sanda, il commençait à faire sombre. Il s'approcha de la fenêtre, lui-même surpris de sa présence ici, auprès d'une malade en léthargie. Il s'était rapproché de la fenêtre pour pouvoir jouir encore de la lumière ; car d'ici, on voyait le ciel d'opale et quelques branches hautes qui rougeoyaient encore. Au-dehors, tentant inutilement de traverser la vitre, les moustiques étaient comme toujours au rendez-vous. M. Nazarie les contemplait avec une timidité indéfinie. C'étaient des essaims poussiéreux, qui se rapprochaient et s'égaillaient sur une musique inaudible, et leur vol tenu en échec par le carreau semblait les rendre encore plus menaçants. S'ils envahissaient tous ensemble la chambre… La pensée de M. Nazarie se brisa. Il tourna brusquement la tête vers le lit de Sanda. Le silence lui pesait, l'inquiétait. Quel sommeil sans fin, se dit-il. Elle ne respire même pas… Et si elle était morte sans que je m'en sois aperçu ?

Il serra ses mains l'une contre l'autre. Il sentit ses poings humides, ses doigts froids et ses paumes brûlantes. De fièvre, d'angoisse. Elle n'a tout de même pas pu mourir à côté de moi, je l'aurais entendue mourir… Les gens ne meurent pas comme ça, soudain, dans leur sommeil. Ils gémissent et luttent, ils résistent. La mort vient tout de noir habillée, avec sa grande faux d'argent… Ce n'est pas possible ainsi, subitement…

M. Nazarie se prit la tête dans les mains. Sanda gisait, et son visage se détachait encore dans l'ombre de la pièce. Si le médecin revenait, se confortait M. Nazarie. Si j'avais le courage de m'approcher du lit, de lui poser la main sur la joue, de sentir… Mais peut-être sa joue sera-t-elle trop froide, ou me semblera-t-elle trop froide… Il pourrait encore prendre la fuite. Il avait encore suffisamment de force pour s'échapper…

Il fit un pas vers la porte. Quel sommeil étrange, sans rêve ! Elle ne gémit même pas de souffrance ; pas un doigt ne bouge sur ce corps éloigné. Le sein ne tressaille même pas. Ou peut-être ses lèvres ont-elles remué, pour l'appeler maintes fois sans qu'il entende ?… Si je pars maintenant, il fera encore plus sombre dans le couloir. Et peut-être y aura-t-il *quelqu'un d'autre* là-bas, tout près de la porte, à m'attendre. C'est ce qui arrive toujours.

Ils sont près de la porte, l'oreille collée au bois, le souffle retenu – et heure après heure, ils écoutent, ils épient. Pour voir ce que toi tu fais… C'est ce qui arrive. Il y a quelqu'un près de toi, invisible et insensible, qui te regarde, qui lit tes pensées, qui attend. *Pour voir ce que tu fais toi…*

Egor est parti depuis longtemps. Il est parti et m'a enfermé à clé, ici, auprès de Sanda… M. Nazarie s'agenouilla près de la porte. Il posa l'oreille contre le bois. On n'entendait rien. Le silence pourtant l'effraya encore davantage : une solitude glaciale. Pourquoi nul ne marche-t-il dans le couloir, pourquoi rien ne tombe-t-il dans cette maison, et pourquoi n'entend-on pas le moindre chien aboyer dans la campagne ? Comme si la demeure tout entière était née d'un seul coup, du désert – comme si elle était descendue d'un rêve oublié. Car l'air lui-même était vieilli, étranger, froid. Egor était resté quelque part dehors – ou peut-être était-il parti pour de bon…

L'obscurité régnait à présent intensément. Les yeux de M. Nazarie considéraient avec étonnement cette descente des ténèbres qui pénétraient par la fenêtre, vague après vague, anéantissant sa transparence, éteignant l'éclat du verre. Il devrait allumer la lampe. Mais la lumière ranime les ombres, la flamme de l'allumette tremblote. Mieux vaut rester ainsi. Du calme, de la tranquillité. Écouter moi aussi les autres. Ne pas bouger.

Il lui sembla percevoir de quelque part une respiration profonde ; une respiration unique qui n'en finissait pas. M. Nazarie se boucha les oreilles. Ne pas perdre l'esprit, ne pas se perdre… Un, deux, trois, quatre… Sainte Vierge, mère de Dieu !… La respiration s'entendait quand même, plus puissante, comme si elle venait de son propre cœur, de ses tempes, car elle avançait victorieusement en dépit de ses doigts qu'il pressait fortement sur ses oreilles. Il n'osait pas regarder du côté de Sanda. Il se retira près du mur. Peut-être comme cela ne me voit-elle pas. Elle aura peur de me voir surgir d'un seul coup à côté d'elle, ou peut-être ne me verra-t-elle pas, elle ne saura pas qu'elle est morte, elle ne s'en rendra pas compte…

Soudain, il s'entendit héler.

« Monsieur le Professeur ! »

La voix venait d'ailleurs. La longue et pesante respiration frappait maintenant d'un poing lourd à la porte.

« Ouvrez la porte, Monsieur le Professeur !… »

La voix venait de loin, de très loin. Il l'entendait néanmoins, changée, sourde, comme d'une insondable profondeur, du fond de la terre. Il retira brusquement ses doigts de ses oreilles.

Les battements à la porte se faisaient plus insistants. Il s'approcha.

« Monsieur le Professeur !… »

Il tâtonna et trouva la clé. C'était curieux. Qui l'avait mise là-bas, de l'intérieur, à son insu ?…

Simina entra. Il la vit devant lui, ombre habillée de blanc. Elle demeura sur le seuil, en éveil.

« Elle est morte ? interrogea-t-elle.

— Je ne sais pas… »

La fillette s'approcha du lit et posa l'oreille sur la poitrine de Sanda. Elle écouta longuement, attentivement.

« Où êtes-vous ? demanda-t-elle.

— Ici, près de la porte, répondit sagement M. Nazarie. Tu ne me vois pas ?… »

Simina ne lui répondit pas. Elle s'approcha de la fenêtre, comme si elle s'attendait à y trouver un visage connu, le front collé à la vitre, s'efforçant de regarder à l'extérieur, en attente… M. Nazarie entrevit la silhouette blanche de Simina collée à la fenêtre et se mit à trembler.

« Où est Egor ? interrogea-t-il, affolé.

— Je ne sais pas. Il est resté dans la cour. Il attend le médecin… Pourquoi avez-vous fermé la porte à clé ? Ou peut-être vous êtes-vous vous aussi fiancé à Sanda… »

M. Nazarie baissa le front, honteux. Il n'osait pas partir. Il faisait encore trop sombre dans le couloir, et Egor était loin, dans la cour.

« Que fait-*elle* ? demanda à nouveau M. Nazarie.

— Elle vit… Son cœur bat… »

Ce n'était qu'un murmure. Mais ensuite Simina se mit à rire. Elle fit quelques pas.

« Vous avez peur ?

— Non, Mademoiselle, répondit sèchement M. Nazarie.

— Mais vous ne vous êtes pas approché d'elle, vous avez eu peur... Où êtes-vous ? interrogea-t-elle dans l'instant, sévèrement. Je ne vous trouve pas...

— Je suis ici, près de la porte...

— Venez vers moi... »

M. Nazarie se soumit à l'injonction. La fillette lui prit le bras et enserra sa main dans les siennes, petites et froides.

« Monsieur le Professeur, chuchota-t-elle, je ne sais ce qui se passe avec maman... Il faut la garder... Je vous prie de chercher Egor, d'aller tous les deux dans sa chambre, en haut... »

M. Nazarie se mit à trembler. La voix de la petite fille était changée, méconnaissable ; elle semblait sourdre d'un souvenir, de quelque rêve inconnu...

« J'irai le chercher, murmura-t-il en retirant sa main. Mais j'ai peur de traverser le couloir. De me heurter aux meubles. Il n'y a pas la moindre allumette dans cette chambre ?

— Il n'y en a pas », répondit durement Simina.

M. Nazarie s'en fut, hésitant. Simina attendit que ses pas s'éteignent, puis elle ferma la porte, donna un tour de clé et s'approcha de la croisée. Elle demeura quelques instants songeuse. Elle monta ensuite sur une chaise pour atteindre la poignée et ouvrit la fenêtre. Dehors, l'obscurité béait au loin, au milieu du ciel, au-dessus de l'orme. Et il y avait une lune cruelle, blafarde, morte.

M. Nazarie trouva Egor appuyé au balcon de la véranda. Il regardait dans le vide, au ras du sol ; il n'osait pas lever les yeux trop haut.

« Sanda ne s'est pas encore réveillée ! chuchota M. Nazarie. Simina est venue dans sa chambre. Elle y est… »

Il lui sembla qu'Egor ne l'entendait pas et il le saisit par le bras.

« Que vous est-il arrivé ? Où êtes-vous allé jusqu'à présent…

— Je l'ai cherchée, répondit vaguement Egor. Je l'ai cherchée partout… »

Il soupira en s'essuyant le visage. À la lumière morne de la lampe de la véranda, M. Nazarie remarqua des taches de sang autour de ses lèvres. Il observa aussi que les vêtements d'Egor étaient en désordre et que ses cheveux pendaient, hirsutes, sur son front.

« Que vous est-il arrivé ? demanda-t-il une nouvelle fois, inquiet. Qu'avez-vous à la bouche ?…

— Je me suis égratigné… Je me suis égratigné aux acacias, répondit Egor absent, en tendant mollement le bras en direction du parc. Là-bas !… »

Monsieur Nazarie le regarda avec épouvante. Qui avait allumé la lampe à pétrole sur la véranda, dans cette maison déserte ? Aucun pas ne résonnait, pas la moindre voix ne leur parvenait.

« Qui a allumé la lampe ? interrogea-t-il en un murmure.

— Je ne sais pas. Je l'ai trouvée comme ça,

— On devrait partir, grommela M. Nazarie. Que le médecin revienne et nous partirons avec lui…

— C'est trop tard à présent, répondit Egor après un long silence… Ça n'a plus aucun sens maintenant… »

Il appuya son front dans ses mains.

« Si je savais ce qui s'est passé, si seulement je pouvais comprendre ce qui s'est passé… » marmonna-t-il.

Il leva le front vers la lune cruelle, au-dessus de l'orme.

« Je songeais à faire venir un prêtre, dit M. Nazarie. Cette maison me pèse, et ceux qui y vivent… »

Egor partit en direction du grand rond-point.

Des fleurs blanches et parfumées y poussaient. L'air aussi était plus pur là-bas, comme préservé par une fraîcheur sans cesse renouvelée.

« Il vous est quand même arrivé quelque chose », reprit M. Nazarie en se rapprochant d'Egor.

Il ne voulait pas le laisser trop s'éloigner de la maison. Il avait peur de l'obscurité d'ici, de l'ombre des acacias.

« Il me semble parfois que je rêve, dit M. Nazarie plutôt pour lui-même.

— Moi aussi j'ai cette impression, murmura Egor. Je voudrais me rendre compte de ce qui s'est passé… J'ai cherché Simina, je l'ai cherchée partout… Et vous, vous la rencontrez sans la chercher… »

Il s'arrêta de marcher, accablé.

« Je vous avais prié de rester dans la chambre de Sanda, de la veiller, ajouta-t-il. J'ai peur pour elle, maintenant qu'elle est restée seule…

— Simina m'avait dit de prendre soin de Mme Mosco, s'excusa timidement M. Nazarie. Car à elle aussi, il peut lui arriver quelque chose… »

Egor semblait revenir de la somnolence envoûtée où l'avait trouvé M. Nazarie.

« Je ne sais même pas où pourrait bien être Mme Mosco en ce moment, dit-il. On devrait appeler quelqu'un pour nous aider… »

M. Nazarie essaya à nouveau de le retenir. Egor s'enfonçait trop profondément dans l'allée, entre les acacias. Il ne fallait pas parler de ces choses-là, ici, dans l'obscurité.

« Comment avez-vous fait pour vous égratigner si fort ? interrogea M. Nazarie. Que s'est-il passé ? »

Egor continua son chemin sans répondre. Comme si quelque chose l'appelait là-bas, au-delà des fleurs. Des touffes de lilas et de caroubiers sauvages poussaient là-bas à leur gré, entremêlant leurs racines. Muettes fort longtemps, d'innombrables âmes mortes se contentaient de se rapporter nouvelles et moqueries en frémissant de toutes leurs feuilles.

« Le médecin va bientôt rentrer », dit M. Nazarie pour rompre le silence.

Cet endroit ne lui plaisait pas. Ils devaient rentrer. Il devait laisser Egor seul et retourner sur la véranda, où brûlait la lampe à pétrole. Le médecin ne tarderait pas lui non plus.

« Je ne comprends pas ce que vous avez l'intention de faire, reprit-il plus sévèrement. Moi, je rentre. J'attends le médecin, et ensuite je pars. C'est un prêtre qu'il faudrait ici... Autrement, ils vont tous devenir fous... »

Des paroles pleines de courage et de clarté. Il s'avouait à lui-même des pensées qu'il avait refusé d'admettre jusqu'ici. Un prêtre, une messe, du monde, beaucoup de lumière...

« J'ai mal à la tête, finit par dire Egor au bout d'un long moment. Je voudrais me promener un peu tout seul, je voudrais un peu reprendre haleine par ici... »

Il soupira profondément, la tête levée vers les cimes des acacias. La lune était maintenant plus proche, plus argentée, et le ciel autour d'elle s'éclaircissait pour lui laisser le passage.

Plus tard, M. Nazarie vit le médecin revenir avec quelques volatiles en main. Ému, il l'attendait sur la véranda. Désormais, il ne serait plus seul. Le médecin était un jeune homme réconfortant, dépourvu de superstitions.

« Vous m'avez entendu tirer ? demanda le médecin d'une voix rauque. J'ai chassé autour du parc. Du moins je le crois. Mais je me suis perdu… Je ne suis pas un tireur bien fameux, ajouta-t-il en montrant les oiseaux morts. Pourvu qu'ils en vaillent la peine… »

Il monta les marches de la véranda et s'affala dans un fauteuil de paille.

« Il n'y a personne par ici ? interrogea-t-il. C'est fou ce que je voudrais un verre d'eau…

— Je crois qu'il n'y a plus personne, répondit tranquillement M. Nazarie. Les hommes sont partis dans les vignes… Mais il n'est pas difficile de trouver de l'eau… »

Ils entrèrent tous deux dans la salle à manger, M. Nazarie portant la lampe dans sa main droite. Le médecin se versa deux verres d'eau.

« M. Paschievici, commença-t-il soudain égayé, c'est bien comme ça qu'il s'appelle, n'est-ce pas, M. Paschievici… j'ai l'impression qu'il fait l'amour au clair de lune… »

Il partit d'un rire embarrassé et se prit le front entre les mains, comme s'il tâtait d'invisibles blessures. Mais il se reprit rapidement. Il se rappela qu'on ne badinait pas dans la maison d'une malade.

« Comment va notre demoiselle ? s'enquit-il, en s'efforçant de paraître attentif.

— Elle est encore évanouie, répondit M. Nazarie. Elle a perdu connaissance une heure après votre départ... À moins qu'elle ne soit morte à présent... »

M. Nazarie avait parlé si tranquillement, si solennellement, que le médecin en demeura paralysé à côté de lui, les pupilles figées.

« J'espère que c'est une plaisanterie, dit-il en essayant de sourire. Mais nous autres médecins, nous sommes d'ordinaire des gens sans humour... Il faut que je la voie immédiatement ! »

Il passa dans la pièce à côté, très préoccupé, et se lava les mains. Il était nerveux, renfrogné.

« Je me demande comment on peut laisser une maison vide en pareilles circonstances », ajouta-t-il.

Ils se dirigèrent tous deux vers la chambre de Sanda. M. Nazarie portait la lampe et la tenait de la main droite, haut, très au-dessus de l'épaule.

« On m'a dit que ces gens-là sont quand même assez riches », murmura le médecin dans le couloir.

M. Nazarie ne disait plus rien. Les choses semblaient avoir de nouveau changé par ici. Le couloir sentait à présent différemment ; un air plus frais, vif, chaud. La solitude ne l'oppressait plus. On entendait des voix jeunes, nombreuses et très proches.

« C'est ici », dit M. Nazarie en indiquant la porte de la chambre de Sanda.

Le médecin frappa en retenant son souffle. Ils entrèrent. Une lampe puissante, dissimulée sous un énorme abat-jour couleur de pêche, brûlait dans la chambre. Mme Mosco se leva de sa chaise en souriant affectueusement aux visiteurs. Simina attendait au bord du lit, sage, le regard baissé.

« Comment va notre demoiselle ? demanda le médecin à mi-voix.

— Elle a très bien dormi, répondit Mme Mosco, elle a dormi tout l'après-midi. C'est tout juste si j'ai réussi à la réveiller... »

Elle sourit d'un amour infini à Sanda, qui avait la tête soutenue par plusieurs oreillers. La jeune fille paraissait très fatiguée, mais calme, résignée. Le médecin lui prit la main, cherchant son pouls. Il fronça les sourcils, surpris, puis son étonnement se mua en inquiétude, en anxiété.

« Ça me semble très étrange », murmura-t-il.

Il chercha les yeux de M. Nazarie, mais le professeur n'avait pas le courage d'affronter son regard. Il regardait dans le vague, au milieu de la chambre, loin de tout. Quelle peur absurde, quels rêves absurdes ai-je rêvés ici il y a à peine quelques heures… Tout paraissait changé maintenant. Tout semblait familier, accueillant, normal…

« … Pourtant, il y a quelque chose d'incompréhensible, reprit le médecin. J'ai l'impression que la fièvre augmente… Vous lui avez pris la température ?

— Je me sens beaucoup mieux à présent », chuchota Sanda.

M. Nazarie tressaillit. Quelle voix éteinte, mouillée de larmes… Il ressentit jusqu'au plus profond de lui-même l'approche de la mort. C'était une voix qui se préparait à l'ultime et grand silence.

« Elle a été très émue aujourd'hui, intervint Mme Mosco. Imaginez-vous qu'elle s'est fiancée, à l'improviste. »

Elle se mit à rire, regardant tour à tour Sanda et les deux hommes.

« Elle s'est fiancée sur ce lit à M. Paschievici ! s'exclama-t-elle. Vous vous imaginez ! »

Elle ne paraissait nullement fâchée de ces insolites fiançailles. Quand il entendit le nom d'Egor, le médecin regarda à nouveau M. Nazarie. Cette fois-ci, il rencontra son regard. Je n'y comprends plus rien, songeait le médecin. Ce Paschievici est fou…

« Ce sont des fiançailles précipitées, reprit Mme Mosco. Son fiancé, M. Paschievici, lui a promis qu'ils allaient partir d'ici très bientôt, pour célébrer les noces à Bucarest.

— Ce n'est pas vrai, maman, se défendit Sanda d'une voix encore plus éteinte. Comme vous le voulez, je ferai ce que vous voulez… »

Simina commença à sourire. Le médecin la regarda sans comprendre la sévérité de son visage, son œil dur, son sourire arrogant. Quelle enfant précoce…

« Mais il est temps de passer à table, dit Mme Mosco. Simina, dis à la nourrice de servir… »

Quand ils revinrent vers la salle à manger, la nourrice les attendait à la porte.

« Nous n'avons que du lait et du fromage, dit-elle en s'approchant de Mme Mosco.

— Il faudrait trouver encore autre chose, dit Mme Mosco. Vois donc, il doit bien y avoir quelque chose dans le garde-manger, de la confiture, des fruits, des biscuits. »

Le médecin entendit et rougit brusquement. Il se sentit ridicule, compromis et offensé. Il était resté à dîner sans avoir été invité… Il chercha un appui dans les yeux de M. Nazarie. Mais il ne rencontra que le sourire lointain et amer de Simina. M. Nazarie était sorti sur la véranda pour ramener Egor. Il l'avait vu venir dans l'allée principale, nonchalamment, sans se presser. Il sortit à sa rencontre, comme s'il avait à le réveiller.

« Sanda est bien, je suis allé la voir avec le médecin, lui dit-il rapidement. Je lui ai même parlé. Elle est certes très affaiblie, mais elle est hors de danger... »

Il examina hâtivement le visage et les vêtements d'Egor. Il semblait être revenu à lui-même, ses cheveux étaient coiffés, ses habits propres. Son visage aussi était à présent plus concentré, plus viril.

« Moi aussi je me suis senti très mal, mais ça m'est passé maintenant, dit Egor. Après dîner cependant, il faut que nous restions ensemble... Que nous nous concertions... »

En entrant dans la salle à manger, Egor aperçut Simina. La petite fille le regardait sagement, tranquillement, comme il sied à un enfant bien élevé de regarder un invité. Que diable s'est-il donc passé *là-bas*, pensa Egor épouvanté. Que s'est-il passé pour de bon et que s'est-il passé en rêve ?...

« Nos félicitations pour les fiançailles, Monsieur Paschievici ! » dit ironiquement Mme Mosco.

Egor s'inclina. Il se mordit la lèvre pour se maîtriser. Il retrouva cependant l'enflure blessée de la lèvre inférieure et frémit. Il regarda à nouveau Simina. La petite fille semblait n'avoir rien observé. Elle attendait le signal de s'asseoir sur sa chaise. La nourrice tardait à servir...

M. Nazarie chuchotait avec le médecin au seuil de la véranda. Pleinement conscient de la grave impolitesse qu'il commettait, Egor laissa seules Mme Mosco et Simina et se rapprocha d'eux. Ils parlaient de Sanda. Voyant Egor se diriger vers eux, le médecin se tut, embarrassé.

« Je me demandais comment cela se faisait que vous soyez rentré seul, finit-il par dire. Où avez-vous laissé la dame… ou peut-être était-ce une demoiselle ?… »

Il sourit sans grâce. Egor le regarda en cillant, s'efforçant de comprendre.

« La demoiselle avec laquelle vous vous promeniez il y a une heure dans le parc, expliqua confusément le médecin. Je revenais de la chasse et je vous ai vu, sans le vouloir d'ailleurs… »

Il sourit de nouveau, regardant tantôt le professeur, tantôt Egor.

« C'est vrai que je me suis longuement promené dans le parc, mais je me suis promené *seul*… dit doucement Egor.

— Peut-être ai-je commis une indiscrétion… s'excusa le médecin.

— Pas du tout, l'interrompit Egor. Mais je vous assure que je me promenais seul. D'ailleurs, à dix kilomètres à la ronde, vous ne trouveriez pas le moindre gîte. Et la famille Mosco, vous la connaissez, je crois, dans son entier… »

Le médecin écoutait hébété, cramoisi. Il lui sembla d'abord que c'était une nouvelle plaisanterie - comme celle de M. Nazarie à propos de la mort de Sanda. Puis il craignit qu'Egor ne se moquât de lui.

« En tout cas, moi, je l'ai fort bien vue, dit-il d'un ton rogue. De loin, j'étais même étonné de ses habits si luxueux et si élégants, trop élégants, dirais-je, pour une promenade dans le parc… »

M. Nazarie frémit et ferma les yeux. Egor écoutait à présent lui aussi plus attentivement, déconcerté par les propos du médecin.

« C'est peut-être justement ce qui m'a fait observer si indiscrètement ce couple insolite… Les vêtements… »

Simina apparut soudain au milieu d'eux.

« Le lait refroidit », dit-elle très poliment en les conviant à table.

Les trois hommes regagnèrent la salle à manger en se regardant avec étonnement.

14

Le médecin se sentait très fatigué et fut le premier à se retirer dans la chambre que lui avait préparée la nourrice. La chasse l'avait harassé. Il avait surtout été troublé par le dîner, par tous ces gens nerveux, malades, qui ne se parlaient qu'à mots couverts. Quelle gêne quand il avait avalé deux bols de lait chaud et le plus grand morceau de fromage – car lui seul et Mme Mosco avaient réellement eu faim... Le dîner le plus fâcheux de toute son existence ; et cela précisément dans un domaine, chez des gens si riches... Pourtant, juste après dîner, Mme Mosco lui avait remis une enveloppe contenant mille lei[1]. Une rémunération seigneuriale...

Rien ne lui plaisait dans sa chambre : quelqu'un semblait tout juste l'avoir quittée, quelqu'un qui y avait habité très longtemps et l'avait imprégnée partout de son âme. Les meubles paraissaient avoir

1. Leu, pl. lei : monnaie nationale roumaine. (N. du T.)

été arrangés d'une certaine manière par quelqu'un qui aimait un certain ordre – un ordre qui, à lui, lui déplaisait souverainement. Dans la chambre flottait une odeur de fleurs cueillies il y avait fort longtemps et fanées quelque part, peut-être au-dessus de l'armoire, peut-être dans le coffre devant le poêle. Un seul tableau, effacé et souillé par les mouches, était fixé au-dessus du lit. Sans doute un tableau bien-aimé, car il n'avait l'air ni triste ni solitaire, accroché comme il l'était, faisant presque corps avec la chaleur du lit. Quelqu'un a vécu ici jusqu'à ces derniers jours, et on m'a donné cette chambre parce qu'elle était meublée et que tout le linge y était à portée de la main, songea le médecin.

Il se déshabilla en hâte, éteignit la lampe et se jeta sur le lit. Ce serait une nuit courte, car la servante viendrait l'éveiller à l'aube, afin qu'il puisse prendre le premier train pour Giurgiu. Quelles drôles de gens, ces invités. Pourtant, extrêmement bienveillants ; ils se lèveront eux aussi très tôt le matin pour me conduire à la gare. Ils n'ont même pas voulu me dire au revoir. Cela leur fait plaisir de m'accompagner. Hum !...

Il lui sembla qu'il allait s'endormir sans tarder. Devant lui, à la fenêtre, la lune veillait.

« Nous devrions prier ensemble, dit M. Nazarie en s'efforçant de paraître calme. Cela nous aidera... »

En parlant, il semblait lui aussi avoir été contaminé par la terreur qu'il percevait dans les yeux d'Egor.

« Vous *croyez* vraiment tout ce qu'a dit le médecin ? interrogea M. Nazarie. Une telle horreur pourrait réellement exister ?... »

Autrefois, il y avait de cela bien longtemps, dans un champ – c'était aussi par une nuit comme celle-ci –, quelqu'un avait déjà posé la même question. Il faisait plus froid alors, car les vents se levaient, mais ce n'était pas ce silence de pierre, à nul autre pareil. À présent, même leurs pas dans la chambre où brûlait une lampe ne parvenaient pas à briser la solitude. Les bruits se feutraient, s'embrumaient comme ensorcelés.

« Nous devrions prier, continua M. Nazarie, pour reprendre courage... »

Egor se versa encore un verre de cognac, sans répondre. Il souriait, mais sa main tremblait en posant la bouteille sur la table.

« Je crains pour Sanda, finit-il par dire. Peut-être ne devrions-nous même pas dormir cette nuit... Nous devrions la veiller, moi du moins... »

M. Nazarie s'approcha de la fenêtre. Elle était ouverte. Dehors, la nuit étendait ses fastes obscurs.

« Vous ne fermez pas ? demanda-t-il. Vous voulez dormir comme cela ? »

Egor essaya de rire.

« Je n'ai pas peur de la fenêtre ouverte, répondit-il sèchement. Il ne se passe rien là-bas… »

Il indiqua d'un geste bref le jardin, la lune, le ciel.

« Je n'ai même pas peur de la lumière de la lune, ajouta-t-il. Elle s'en ira bientôt, d'ailleurs… Après minuit, la lune se couche… »

M. Nazarie sentait à sa voix combien terrible était l'angoisse qui le dévorait. Egor parlait presque inconsciemment. Ou peut-être était-il ivre ? Si vite…

« Si vous voulez, je dormirai avec vous, cette nuit, ici », dit M. Nazarie.

Egor se remit à rire. Il se jeta sur le canapé, une cigarette allumée entre les doigts. Sa voix était plus basse maintenant ; il essayait de la rendre vulgaire, triviale.

« Ce n'est pas possible, dit-il. Il faut que je tienne ma promesse. Malgré tous les risques, il le faut… Je ne fermerai pas les yeux de toute la nuit… »

Est-ce vraiment là *ma* pensée, ma pensée *réelle* ? se demanda Egor avec terreur. Et si c'était elle qui m'ordonnait ce que je dois dire et faire ?… Il sentit soudain tous les objets tourbillonner dans la chambre et il se prit la tête à deux mains. Les yeux mi-clos, M. Nazarie se mit à prier. On entendait par intermittence des bribes de ses paroles, dénuées de sens, lancées au hasard.

« Si je pouvais me souvenir de tout ce qui est arrivé », finit par dire Egor, davantage pour lui-même.

On entendit tout à coup un bruit sourd, distant, et les deux hommes se regardèrent longuement, blêmes. Comme si quelqu'un se cognait aux murs, comme si une table de bois s'ébranlait quelque part, au bout du couloir. M. Nazarie se rappela alors, avec une précision absurde, les paroles de la rengaine *Les Vieilles de notre pays*[1]... Il fixa Egor au fond des yeux. Ce n'est pas une impression ; lui aussi a entendu la même chose...

« Sans doute un homme de retour des vendanges, et qui nous cherche, dit Egor en articulant lentement, avec exaspération.

— Oui, ce sont des pas d'homme », dit M. Nazarie.

Ils écoutèrent de nouveau. Les pas se rapprochaient, lourds, se posant à l'aventure. Comme si l'homme qui marchait, vacillant dans l'obscurité, portait quelqu'un sur le dos.

Serait-il arrivé quelque chose à Sanda ? se demanda Egor épouvanté.

Il sauta sur ses pieds, s'approcha de la porte et l'ouvrit. Puis il resta sur le seuil, les poings serrés. Au bout de quelques instants, le médecin apparut en chemise de nuit, chaussé de souliers de chasse.

---

1. En français dans le texte. (N. du T.)

Il tremblait de froid. Dans sa main droite, il tenait, menaçant, son fusil.

« Je ne vous dérange pas ? balbutia-t-il en s'engouffrant dans la chambre et en refermant rapidement la porte. Je n'avais pas sommeil, et j'ai pensé que… »

Il s'assit exténué sur le bord du lit. Ses souliers frappèrent lourdement le plancher, avec un bruit sourd.

« Je n'avais pas sommeil, poursuivit-il, et je me suis dit… »

Il se sentit subitement ridicule, de s'être ainsi assis sur le bord du lit, vêtu de sa seule chemise de nuit, le fusil à la main, semblant s'évertuer à le rapetisser, à le dissimuler.

« Je ne savais pas très bien où était votre chambre, reprit le médecin en tremblant. Et j'ai pris le fusil, pour ne pas me heurter aux meubles… Il fait si noir dans le couloir…

— Il est chargé au moins ? demanda ironiquement Egor.

— J'ai chassé toute la journée avec, dit le médecin. C'est un bon fusil… »

Il se tut brusquement, regardant tantôt l'un, tantôt l'autre.

« Je vous en prie, continuez votre discussion, dit-il, s'apercevant que les autres le regardaient avec le même embarras. J'espère ne pas vous avoir dérangés.

— Pas du tout, intervint M. Nazarie. Nous nous apprêtions justement à nous coucher...

— Vous dormez dans la même chambre ? s'enquit le médecin effrayé et pourtant avec une visible envie.

— Non. Ici, c'est la chambre de M. Paschievici. C'est aussi la plus belle chambre, avec un balcon, dit M. Nazarie.

— Vous avez un très bon lit, un lit excellent », murmura le médecin.

Pâle et nerveux, il regardait attentivement le finissage du lit. Puis il fixa, confus, les yeux des autres. Egor lui versa un verre de cognac.

« Pour ne pas prendre froid », dit-il doucement en lui tendant le verre.

Avide, le médecin le prit et le vida d'un seul trait. La brûlure lui faisait du bien. Elle le réveillait. Il serra son fusil avec une confiance accrue. Il y avait dans cette chambre tant de lumière, tant de sécurité... Ici, le lit ne tremblait pas, pas un meuble ne bougeait, le plancher ne frémissait point sous le rayon de lune. Ici, la lune ne donnait pas directement sur la fenêtre, et il n'y avait pas non plus autant de papillons de nuit...

« C'est curieux comme le sommeil m'a passé... »

Le médecin commençait à se reprendre. Le sommeil lui avait passé, sa fatigue avait disparu. Mais s'il avait fermé les yeux, il aurait à nouveau perçu ce léger tremblement du lit, cette même oscillation maladive des oreillers – il était sûr qu'il aurait une nouvelle fois ressenti le délire de sa chambre. Ce balancement surnaturel du lit, cette terreur qui l'avait brusquement réveillé, comme s'il avait surpris dans son sommeil une main géante glissée sous ses draps, en train de le secouer…

« J'espère que je ne vous ai pas dérangés », reprit-il tout en continuant de serrer le canon de son fusil.

Qu'aurait-il fait sans arme, comment aurait il traversé jusqu'ici, seul, dans l'obscurité, ce couloir désert et sans fin ?…

« Nous ne sommes pas très loquaces nous non plus cette nuit, dit Egor. Cela nous fait plaisir de vous avoir avec nous…

— Quelle heure peut-il bien être ? demanda le médecin.

— Onze heures et quart, précisa Egor en souriant.

— Et moi qui dois me lever si tôt, gémit le médecin. La gare est loin ?…

— Six kilomètres. Mais vous ne voudriez pas partir maintenant, tout de même ?… »

Le médecin ne répondit pas. Il fixait à nouveau le lit, avec étonnement. Puis il se leva et se mit à aller et venir dans la chambre.

« À vrai dire, je n'ai plus sommeil, dit-il en regardant à terre. Et je n'aime pas du tout la chambre qu'on m'a donnée… Elle est tellement isolée… Et elle est très vieille, tous les meubles craquent… à vous tirer du sommeil… »

Egor chercha les yeux du professeur, mais M. Nazarie évita son regard.

« Si vous voulez, vous pouvez coucher dans ma chambre, s'adressa-t-il au médecin.

— Et vous, vous dormirez ici ?

— Non, je reste avec vous… Il y a deux lits chez moi… »

Les yeux du médecin brillèrent de joie. Il s'approcha brusquement de M. Nazarie.

« Et puis, nous avons aussi le fusil, n'ayez crainte, dit-il très vite. Nous dormirons avec le fusil à nos côtés… Si seulement je pouvais m'endormir, ajouta-t-il à voix basse, je n'ai vraiment plus sommeil… »

Sur le seuil, Egor l'interpella :

« Sincèrement, que pensez-vous à propos de Mlle Mosco ? »

Le médecin cilla.

« Je crois qu'elle n'en a plus pour longtemps, dit-il sans s'en rendre compte.

— C'est ma fiancée, l'interrompit rudement Egor, en le regardant dans les yeux.

— C'est vrai… C'est vrai, c'est étrange, murmura le médecin. Peut-être bien que… »

Egor demeura longtemps près de la porte, à écouter les pas s'éloigner. Par quel miracle s'était-il soudain tranquillisé ? Il était calme, lucide ; il se sentait fort, sans peur. Les mains dans les poches, il se mit à se promener dans la chambre, songeur. Presque minuit, se souvint-il. Mais l'heure n'avait aucune importance, pas plus que toutes ces superstitions, vieilles, si vieilles… Seul son pouvoir d'espérance et de foi, seul son grand amour pour Sanda le gardaient éveillé et puissant.

Nul bruit n'était plus perceptible, plus le moindre pas. La lune se couchait quelque part, derrière le parc. Egor se sentit seul, mais à présent, cela le rendait plus fort, lui donnait du courage. Si seulement je ne rêvais pas, se dit-il en se rembrunissant. Ou, peut-être, qui sait ? si seulement je pouvais m'éveiller plus vite du sommeil… Il frappa ses bras l'un contre l'autre. Il ne dormait pas. Là, il y avait la lampe qui brûlait, là, l'obscurité pénétrait par la fenêtre, là, il y avait la chaise, et la table, et la bouteille presque vide de cognac. Tout était comme d'habitude, tous les objets se trouvaient dans sa chambre. Juste comme pendant la journée, juste comme dans le rêve…

Il reprit sa promenade, à pas larges, rythmés. Je dois bien me réveiller une fois, se dit-il. Si je dors vraiment, il est impossible que je ne me réveille pas. J'entendrai *sa* voix, je sentirai le parfum de violette – et je m'éveillerai.

Cependant, il n'entendait rien. Ses narines s'emplissaient de ce même air froid, âpre, qui entrait par la fenêtre – et recueillaient parfois l'odeur de cognac s'entremêlant d'un léger souvenir de tabac. Tout se passait dans sa chambre.

Il passa à plusieurs reprises près de la porte sans se décider à la fermer à clé. Elle était mieux comme cela, ouverte. Comme on me l'a dit, en rêve. Si mon amour est plus puissant, si... Il aurait voulu poursuivre sa pensée : si Dieu m'aide, ainsi que la Vierge... Mais il ne put aller jusqu'au bout de son espoir et de ses forces. Un instant, son esprit s'assombrit. Il lui sembla lutter pour sortir d'un rêve. Il tendit les bras ; il les sentit devant lui, des bras arqués, légèrement frissonnants. Il ne rêvait pas. Aujourd'hui, *d'autres* choses allaient arriver...

Il se décida ; *il ne fermera pas la porte à clé*. Il ne fermera que la fenêtre. D'ailleurs, il commence à faire frais. Il fait vraiment trop froid...

Grande était la tranquillité d'Egor quand il s'installa à table, belle sa sérénité tandis qu'il appuyait son menton dans sa paume, tout en regardant vers la porte, renfrogné, avec pourtant une lueur juvénile dans les yeux...

15

Le temps s'écoulait très lentement. Beaucoup plus tard, Egor s'aperçut que sa cigarette s'était éteinte sur le bord froid du cendrier, une cigarette qu'il avait allumée bien plus tôt, peut-être sans même s'en rendre compte. Qu'avait-il fait durant tout ce temps, où ses pensées avaient-elles vagabondé ?... La lampe fumait légèrement, comme frissonnant sous un souffle étranger, imperceptible pour lui. Pourtant, il n'y avait personne dans la pièce, personne n'était encore venu. La chambre était comme auparavant - entière, figée, déserte. Egor se retrouva avec étonnement assis à sa table, placide, sans mémoire. Il ne se sentait même pas serein. Une indifférence infinie régnait sur son esprit ; pas même un miracle ne l'aurait à présent ébranlé.

Comme s'il venait de s'éveiller d'un sommeil inaccoutumé, dans lequel les rêves sont rêvés par plusieurs personnes à la fois, des personnes que l'on ne voit pas, mais que l'on devine près de soi…

Il se leva néanmoins de sa chaise et s'approcha de la lampe, dont il baissa la mèche. Il s'aperçut qu'il faisait très froid dans la chambre, mais il ne sentait pas le froid *en lui* ; il ne faisait que le constater autour de lui, comme on prend conscience de quelque chose qui se trouve là. Il se dirigea vers la fenêtre. Il la trouva fermée et colla un instant son front à la vitre pour regarder dehors, dans la nuit. Il lui sembla alors entendre, très loin, un gémissement. Était-ce un gémissement, ou le craquement d'un bois sec sous un pas humain ? Il quitta la fenêtre et tendit l'oreille, la tête légèrement relevée. *Ne ferme pas la porte à clé cette nuit* – il se souvenait avec précision de ces paroles de Simina. Comme si elle ne pouvait pas venir aussi autrement, à travers les rêves, à travers les fenêtres… Sans aucun doute, quelqu'un avait gémi au loin, dans son sommeil. Peut-être M. Nazarie, ou plutôt le médecin.

Egor s'assit de nouveau à table. Inutile de me leurrer moi-même ; en vain suis-je en train de me dire que ce n'était qu'un gémissement, que l'on n'entend plus ses pas ; en vain. Les planchers avaient cessé de craquer sourdement, les lits de bois de grincer. On entendait maintenant avec précision des pas légers, pressés, le long du couloir. Si seulement je pouvais me réveiller, songea Egor en frissonnant. Puis il s'aperçut qu'il essayait une nouvelle fois de se tromper lui-même en se disant que tout ce qui se passait n'était qu'un rêve, en espérant qu'*il rêvait*.

Il regretta soudain de n'avoir rien fait jusqu'à présent, de ne pas s'être préparé, de s'être contenté d'attendre. Épuisé, il sentit le temps filer ; sans espoir, sans retour, les instants se dissolvaient l'un dans l'autre, pesants, vides, dénués de sens. Les pas se faisaient entendre depuis une éternité. Les sons parvenaient difficilement jusqu'à lui, atténués et sourds. Un crissement léger de soulier, devant la porte, puis quelques instants de silence. Quelqu'un attend dehors, une attente hésitante, ou peut-être la porte est-elle vraiment fermée à clé ? espéra Egor en tremblant. Peut-être l'ai-je fermée en rêve. Et elle n'osera pas entrer…

Il entendit alors quelques coups brefs et rapides, des coups de femme émue. Egor se leva de sa chaise, mais demeura les deux mains crispées sur la table. Il était livide, et ses yeux brillaient envoûtés dans leurs orbites. Il avait des yeux violacés, farouches, malades. Les coups résonnèrent à nouveau, plus impatients.

« Entre ! » gémit Egor.

Il sentit sa gorge sèche, sa poitrine manquer d'air. La porte s'ouvrit doucement, et sur le seuil apparut Mademoiselle Christina. Son regard s'arrêta juste dans celui d'Egor. Elle le cloua ainsi quelques instants. Puis son visage s'illumina d'un sourire sans pareil. Elle tourna gracieusement le bras vers la porte et fit pivoter la clé.

Les yeux ouverts dans l'obscurité, le regard dirigé vers le haut, M. Nazarie respirait doucement, sans bruit, pour tenter de percevoir ce que faisait son compagnon. Le médecin s'était-il réveillé et cherchait-il quelque chose sur la table, tâtonnant dans les ténèbres, heurtant les objets avant de les serrer fortement dans ses poings, pour ne pas trembler ? Les sons étaient étouffés, arrêtés sur place par une main invisible. Ils jaillissaient avec une sonorité blessée, malade, mais ils s'évanouissaient vite, et dans leur sillage, le silence paraissait encore plus irréel, plus menaçant.

M. Nazarie écoutait, les lèvres serrées, sans oser bouger, ne se risquant pas à essuyer les gouttes de sueur froide de son front. Quand avait-il ainsi transpiré, tout son corps noyé par cette sueur glacée ? Peut-être le médecin avait-il eu peur dans son sommeil, et à présent, il se baladait dans la chambre sans pouvoir se réveiller. Mais à l'instant où il allait s'éveiller, de quelle épouvante allait-il hurler dans ces ténèbres qui l'encerclaient de toutes parts !...

Il entendit alors, juste à côté de lui, une griffe racler le mur, glissant lentement et longuement le long de la paroi, comme si elle l'essayait, s'efforçant d'y pénétrer. M. Nazarie fit un bond au milieu de la pièce ; sa bouche était toujours crispée, ses mains froides. Il se heurta à un corps rigide. Le médecin gémit, effaré, quand M. Nazarie le saisit par le bras.

« Que faisiez-vous ici ? interrogea M. Nazarie d'une voix étranglée.

— J'ai eu l'impression que quelqu'un remuait par ici, marmonna le médecin. Il m'a semblé que quelqu'un griffait le mur dehors… Vous aussi vous avez entendu quelque chose ?…

— Peut-être y a-t-il un oiseau dans la pièce d'à côté », dit M. Nazarie.

Mais il était sûr que ce n'était pas un oiseau. La griffe avait glissé trop fort sur le mur, roide.

« Vous cherchiez quelque chose sur la table ? demanda M. Nazarie. Vous m'avez fait peur…

— Ce n'est pas moi qui bougeais, avoua le médecin. Ce sont des esprits, des esprits malfaisants… »

Il délirait. Ses mains tremblaient. Il aurait voulu chercher le fusil qu'il avait appuyé contre le lit, mais il avait peur de s'éloigner de M. Nazarie. Il l'avait pris par le bras et le tenait.

« Auriez-vous une allumette ? interrogea pesamment M. Nazarie.

— La boîte est sur la table… »

Ils s'approchèrent tous deux, se gardant de heurter la chaise. M. Nazarie tâtonna attentivement, jusqu'à trouver la boîte d'allumettes. Quand il en alluma une, sa main tremblait.

« Peut-être nous sommes-nous effrayés pour rien, murmura-t-il.

— Non, j'en suis sûr, j'en suis sûr... »

Le médecin bredouillait sans suite. De la main gauche, il avait saisi sa chemise près du cœur et la serrait ; comme si elle s'était pétrifiée là, en un spasme.

« Nous devrions partir, finit par dire le médecin, essayant de se dominer. Je ne peux plus rester dans cette chambre...

— Le jour n'est plus loin, le tranquillisa M. Nazarie. Il vaut mieux attendre... »

Ils se regardèrent, chacun épouvanté de la terreur de l'autre.

« Nous pourrions prier jusque-là, ajouta M. Nazarie.

— Je ne cesse de prier, chuchota le médecin, mais rien n'y fait, j'entends toujours les mêmes bruits... »

La lampe brûlait, la flamme baissée. Le silence était si dense que leur respiration paraissait altérée, ronflante.

« Vous n'entendez rien *maintenant* ? » demanda soudain le médecin.

M. Nazarie jeta un regard rapide autour de lui. À présent, ce n'était plus les mêmes sons, ils ne venaient pas de la chambre, d'à côté non plus. C'était un pas qui résonnait dehors, quelqu'un qui marchait légèrement et précautionneusement sur le gravier. Il s'approcha de la fenêtre. D'abord, il ne vit rien. La lampe était encore trop près, sa faible lumière brouillait la vitre.

« Et pourtant, on l'entend très bien », reprit le médecin en chuchotant et en s'approchant lui aussi de la fenêtre.

L'œil s'habituait rapidement à l'obscurité. C'était vrai, au milieu de l'allée quelqu'un marchait très attentivement, quelqu'un qui marchait en sourdine, comme endormi.

« C'est Simina ! dit M. Nazarie troublé. Peut-être vient-elle nous appeler. Il est peut-être arrivé quelque chose à la malade… »

Mais la petite fille se dirigea vers le cœur du parc, vers le grand rond-point. Le médecin la suivit des yeux, muet.

« Mon Dieu, que fait-elle seule dans la nuit au cœur du parc ? dit M. Nazarie d'une voix étouffée. Je crains qu'il ne lui arrive quelque chose… »

Il demeura quelques instants près de la fenêtre, s'évertuant à percer l'obscurité le plus loin possible, jusqu'à l'endroit où Simina était parvenue. Puis il se décida brusquement. Il se retourna et se mit à chercher ses chaussures.

« Il faut voir où elle va, dit-il inquiet, savoir ce qui s'est passé. »

Il s'habilla en hâte. Le médecin le regardait farouchement, comme s'il s'efforçait de comprendre ce qu'il faisait.

« Vous ne venez pas ? » l'interpella M. Nazarie.

Le médecin hocha la tête. Il chaussa ses souliers et enfila son manteau sur sa chemise de nuit.

« Comment ne nous a-t-elle pas vus ? s'étonna-t-il. Nous étions à la fenêtre, dans la lumière, et elle est passée juste devant notre fenêtre... »

M. Nazarie ferma les yeux, horrifié.

« Ne s'en serait-elle vraiment pas aperçue ? interrogea-t-il en un murmure. Serait-elle vraiment somnambule ?... Il faut la rattraper au plus vite... »

Le bruit métallique de la clé tournant dans la serrure fut l'ultime son vivant qu'Egor entendit. Les pas de Christina faisaient un autre bruit. Ils parvenaient jusqu'à lui, entiers, sonores – mais c'était comme des pas d'un autre monde, fredonnés par un chuchotement mélodieux, comme jaillis d'un délire.

Christina s'avança jusqu'au milieu de la chambre, les yeux rivés sur Egor. Si je pouvais fermer les yeux, songea Egor. Ne les ferme pas, mon amour ! il se surprit soudain à penser les mots que Christina ne pouvait prononcer. N'aie pas peur de moi !...

Il percevait avec précision les pensées de Christina qui naissaient dans son esprit ; à présent, il pouvait les distinguer sans difficulté aucune de ses propres pensées et de ses propres angoisses. Il était cependant bien moins effrayé qu'il ne l'avait craint ; la proximité de Christina lui pesait, l'air qu'il respirait était de plus en plus brûlant, plus raréfié, mais il parvenait néanmoins à rester debout, sans que ses mains tremblent, sans perdre la raison. Il voyait Christina tout entière, et pas le moindre tressaillement de son visage de cire ne lui échappait. L'odeur de violette s'était maintenant répandue dans toute la chambre. Le sein de Christina semblait à présent palpiter plus profondément ; elle aussi frissonnait de l'approche du mâle, comme frémissante de l'attente de sa chair à lui. Pourquoi n'éteins-tu pas la lumière, très cher ? Egor entendit résonner en lui la pensée de Christina. Mais il parvint à résister. Il attendait quelque chose de terrible, de voir Christina souffler la lampe ou se rapprocher trop de lui. Mais Christina patientait, émue, le fixant dans les yeux, laissant parfois son regard couler sur ses bras vigoureux, sur ses mains crispées sur la table. Egor accomplit un effort gigantesque et s'assit sur la chaise. Et pourtant, une fois, tu voulais me peindre, il entendit la pensée de Christina, tu voulais me peindre à ta manière…

Christina sourit, embarrassée, et s'approcha du lit. Elle s'assit très précautionneusement, presque sans bruit. Elle entreprit d'ôter ses gants. Ses gestes étaient longs, moelleux d'une grâce étrange. Le cœur d'Egor s'arrêta un instant, noyé de sang. Pourquoi ne m'aides-tu pas ? s'étonna, rougissante, Mademoiselle Christina. Quel amant timide tu fais, Egor… Comme tu es vilain, là, à présent, loin de moi… Tu ne veux pas me voir nue ?… Je n'ai encore jamais fait cela pour personne, mon amour ! Mais tes yeux m'attirent, ils m'ont fait perdre la tête, Egor ! Que pourrais-je leur offrir d'autre que la neige de mon corps ? Tu sais bien, toi, tu sais combien je suis belle, tu le sais trop bien !…

Egor essaya de fermer les yeux ; ses paupières ne l'écoutaient pas, son regard demeurait rivé au corps de Christina. La jeune fille se mit à se dévêtir. Elle enleva avec une élégance infinie son chapeau et le posa sur la petite table, près des gants de soie noire. Ses gestes calmes et royaux ne parvenaient cependant pas à dissimuler une crainte incompréhensible. Tu ne comprendras jamais ce que j'ai fait pour toi, Egor !… Tu ne peux comprendre mon courage… Si tu savais la malédiction qui pèse sur moi… Faire l'amour avec un mortel ! Elle sourit tristement ; une languissante mélancolie sembla baigner ses yeux. Mais la présence d'Egor la ranima. La proximité de son corps viril semblait chasser et sa tristesse et ses craintes. Elle se leva et défit son col de soie. Sa gorge apparut, étincelante de blancheur, veloutée, fragile.

Son buste se dessinait maintenant, épanoui et victorieux, sur le fond pâle du mur. Elle avait des seins de vierge, durs et ronds, mais libres et haut perchés par-dessus le corset.

Maintenant elle va se déshabiller, frémit Egor. En même temps que la terreur et le dégoût qui l'accablaient comme un délire, il ressentit l'aiguillon d'une volupté morbide, d'un plaisir empoisonné, qui l'humiliait et l'affolait à la fois. Son sang se mit à battre ardemment ses oreilles, ses tempes. Le parfum de violette le frappait maintenant avec une puissance imprécise, jusqu'à le faire défaillir. Au-dessus du lit montait un bruissement sans fin de frous-frous féminins, de soie glissant très près de la peau – et la fragrance des seins libérés se rapprochait, chaleureuse. Je suis Hypérion… perçut Egor par les paroles inaudibles de Christina. Elle souriait avec la même mélancolie… et je veux être tienne ! poursuivit-elle. Son visage était transfiguré de désir, d'inquiétude, de faim de son corps à lui. Même ses yeux n'étaient plus comme avant. Ils brûlaient eux aussi d'une autre flamme à présent, plus troubles, plus doux, plus embrasés. Ne me laisse pas seule, mon amour ; Egor entendit son dernier appel : J'ai froid de me déshabiller seule… Caresse-moi, tiens-moi près de toi, prends-moi dans tes bras, Egor…

Il la regarda, et ses yeux s'obscurcirent. Mademoiselle Christina enlevait son corsage, défaisant lentement, avec timidité, les lacets de soie qui enserraient sa taille. Ses mains se mirent à trembler. Elle va se rapprocher encore davantage maintenant, elle va me prendre dans ses bras nus… Et pourtant, dans les ténèbres de la répulsion, se plantait toujours plus profondément le poison si doux de l'attente, de plaisirs qui, même dans les rêves…

Je ne veux plus être en rêve, Mademoiselle Christina continua sa pensée. Je ne veux plus être froide et immortelle, Egor, mon amour !…

Sanda attendait, appuyée à la fenêtre, la tête penchée au-dehors, dans la nuit. Encore un peu, et tout sera fini… Tout sera de nouveau comme au début. Comme dans le sommeil. D'ores et déjà, la lune a plongé trop profondément ; les ténèbres sont reines. Personne ne peut plus la voir, là, à la croisée, à attendre. Aucun cri ne s'élèvera plus. Les papillons eux-mêmes dorment à présent, et les moustiques…

Des pas la surprirent, tout près, tout à côté d'elle. Elle tourna la tête, résignée. D'abord, c'est *elle* qui viendra, puis tous les autres, ombre après ombre…

« Qu'est-ce que tu cherches ici, au milieu de la nuit ? » lui demanda Mme Mosco.

Sa mère était entrée furtivement dans la chambre. Elle revenait de quelque part, peut-être du parc, car elle était habillée, un châle serré autour du cou.

« J'attendais, murmura Sanda.

— Plus personne ne viendra maintenant, dit Mme Mosco agitée. Tu peux te coucher… »

Sanda remarqua que sa mère cachait une boule noirâtre et vivante dans sa main gauche. Autrefois, pareille chose l'eût fait tressaillir, l'eût humiliée jusqu'au dégoût. Maintenant, elle contemplait seulement avec stupeur la petite créature que sa mère gardait si soigneusement dans son poing.

« Où l'as-tu attrapée ? interrogea Sanda exténuée, d'une voix qui était presque un sifflement.

— Dans son nid, chuchota Mme Mosco. Elle ne peut pas voler…

— … Et comme ça, tout cru ? » Sanda frissonna subitement.

Elle se prit les tempes dans les mains. Toutes ces douleurs qui l'envahissent d'un seul coup, tant de terreurs oubliées, et ce délire mêlé de répulsion de la toute première nuit… Elle se secoua. La fenêtre grande ouverte avait laissé tout le froid de la nuit pénétrer dans la chambre.

« Couche-toi ! lui ordonna Mme Mosco d'un ton métallique. Ne prends pas froid ! »

Sanda s'approcha en tremblant du lit. Elle avait terriblement mal à la tête, son front brûlait.

« Ne ferme quand même pas la fenêtre, murmura-t-elle à Mme Mosco. Peut-être viendront-ils encore… »

Étonnés, M. Nazarie et le médecin s'arrêtèrent au milieu de l'allée. Simina était très près d'eux, de dos, en train de regarder attentivement quelque chose d'invisible entre les arbres.

« Pourquoi, Dieu, est-elle restée précisément ici ? chuchota le médecin. Tant de temps a passé depuis lors... »

Simina scrutait obstinément les ténèbres devant elle, sans se retourner, sans rien entendre. Comme si elle avait attendu qu'ils descendent de la maison, qu'ils la voient bien – pour pouvoir ensuite la suivre.

« Elle ne s'en rend pas compte, murmura M. Nazarie, désemparé. Peut-être ne sait-elle même pas où elle se trouve... »

Simina partit au même moment, concentrée, d'un pas décidé. Elle s'en alla directement entre les acacias, sans chercher de sentier, sans craindre les branches mortes qui la guettaient en chemin.

« Il ne faut pas nous perdre », ânonna le médecin.

M. Nazarie ne répondit pas. Il commençait à s'éveiller d'une terreur qui n'avait que trop duré, et il s'en éveillait abasourdi, malade. Il lui semblait se risquer à une poursuite illusoire, qu'il était attiré dans un traquenard, qu'il allait bientôt tomber, qu'il glisserait d'une seconde à l'autre quelque part, dans un trou rempli d'herbe mouillée et d'obscurité.

« Je ne la vois plus », marmonna le médecin en s'arrêtant entre les arbres.

Mon Dieu, comment fait-elle pour ne pas entendre les branches craquer, nos pas derrière elle ? se demanda le médecin.

« Elle est là-bas », répondit sèchement M. Nazarie.

Il la montra de la main, au loin, ombre blanche auprès d'un buisson. Probablement une nouvelle allée commençait-elle là-bas, car l'air se faisait plus limpide et les ombres des arbres s'arrondissaient, bien alignées.

Le médecin fit quelques pas, attentivement, pour ne pas heurter les branches basses qui ployaient, tordues, dépouillées, comme sous un poids invisible. Il fixa en frissonnant l'ombre que lui avait indiquée M. Nazarie.

« J'ai de bons yeux, murmura-t-il très bas. Ce n'est pas Mlle Simina *là-bas*... »

M. Nazarie s'aperçut dans l'instant que l'ombre près du buisson oscillait lentement, défaillante, et ses bras s'élevaient comme pour appeler quelqu'un de très loin, quelqu'un d'invisible. Non, c'était vrai, ce n'était pas la silhouette de Simina. Il demeura cloué sur place, le souffle court ; ce n'était pas une créature vivante, tellement elle était aérienne, irréelle avec ses gestes de chiffon.

« Rentrons », entendit-il de la voix mate du médecin.

C'est alors que Simina passa devant eux, et les regarda épouvantée. M. Nazarie devina à ses yeux largement ouverts, à ses lèvres serrées, que Simina essayait maintenant de réparer l'erreur de les avoir menés jusqu'ici. Elle ne s'attendait probablement pas à rencontrer, dans l'ornière de l'autre allée, *quelqu'un d'autre*. Elle revenait à présent en arrière, sidérée, et elle s'efforçait de les attirer dans la direction opposée du parc. Elle passa devant eux, puis s'en alla songeuse, d'un pas rapide, vers la porte du septentrion. Le médecin voulut la suivre. M. Nazarie le saisit solidement par le bras.

« Allons d'abord voir ce qu'il y a *là-bas* », dit-il fermement.

Marchant lentement, l'un à côté de l'autre, ils s'approchèrent de l'allée. L'ombre disparut durant quelques instants. Comme si elle aussi s'était dirigée vers l'autre côté, en même temps que Simina, ou peut-être était-elle cachée par un arbre. Plus ils avançaient, plus M. Nazarie avait l'impression précise qu'il avait déjà vécu la même chose, qu'il avait déjà suivi une fois, il y avait très longtemps, une ombre aux gestes mous, de chiffon, parmi des arbres pétrifiés.

« On ne voit plus rien, grommela le médecin. Moi, je ne vois plus rien… »

Mais M. Nazarie commençait à voir. À quelques pas de lui, Simina avait réapparu. Adossée à un arbre, collée au tronc, elle suivait atterrée l'approche des deux hommes. La petite fille chercha les yeux de M. Nazarie et tenta une fois encore de le soumettre, de lui commander, d'anéantir sa volonté. Pourtant, M. Nazarie continua sa route avec détermination, passa près d'elle et parvint à l'orée de l'allée.

« Restez comme ça, sans bouger ! » murmura-t-il au médecin.

Devant eux, dans l'allée, attendait un équipage depuis longtemps hors d'usage, une calèche seigneuriale, ancienne, sans éclat, attelée de deux chevaux somnolents. Le cocher s'était endormi sur le siège ; on ne distinguait que son habit blanc, rongé par la pluie, et son bonnet de peau râpée. Il semblait dormir depuis bien longtemps là-haut, sur son siège – il dormait avec indolence, sans le moindre frémissement. Et les chevaux paraissaient avoir glissé eux aussi dans le même sommeil de mort, car ils ne bougeaient ni ne respiraient ; pareils à de sombres statues, ils patientaient devant le vieil équipage, piégés dans d'insondables profondeurs.

Les yeux exorbités, le médecin affolé s'était mis à trembler. Il saisit le bras de M. Nazarie à deux mains.

« Vous aussi vous voyez ? » interrogea-t-il en sifflant les mots.

M. Nazarie hocha la tête.

« Ils sont vivants ? interrogea encore le médecin. Ou peut-être nous le semblent-ils à nous ? »

Au même instant, l'ombre qui avait disparu plus tôt au bord de l'allée réapparut. C'était un vieillard très abattu, au visage émacié. Il portait la livrée des valets d'antan. Il passa à côté d'eux comme s'il ne les avait pas vus. Il regardait à terre. Mais M. Nazarie sut que le vieux avait connaissance de leur présence là-bas, si près de lui. Il avait croisé son regard un seul instant ; c'était des yeux glauques, vitreux, fébriles. Le médecin se couvrit le visage de la main. Il aurait voulu fuir, mais la petite main froide de Simina s'accrochant à son bras le lui interdit.

16

Mademoiselle Christina était restée tout près de lui, les seins nus, les cheveux défaits, à l'attendre. Egor, tu m'humilies ! C'est sa pensée qu'il perçut. Éteins la lampe, approche-toi ! Egor tenta en vain de résister. Il sentait dans son cerveau le commandement de Mademoiselle Christina, il sentait en son sang ses appels empoisonnés. Si elle m'embrasse, je suis perdu, songea-t-il. Mais il sentait en même temps le délire le submerger, cette chair si vivante et si sauvage dans ses frissons l'attirer. Le corps de Mademoiselle Christina l'attendait avec tant d'avidité qu'Egor chancela, étourdi, en se dirigeant vers le lit. Avec une lucidité diabolique, il savait qu'il se perdait, il sentait la répulsion et la volupté l'emporter. Un pas, encore un…

Devant lui, devant ses lèvres, s'entrouvrait la bouche de Christina. Quand s'était-il tellement rapproché ? Il tendit les bras et étreignit les épaules de neige de la jeune fille. La chair était si froide et en même temps si brûlante qu'Egor en vacilla sur le lit. C'était au-delà de ses forces d'endurer ce feu pareil à nulle flamme, cette sensation de serrer dans ses mains quelque chose d'impossible à appréhender... Il sentit soudain la bouche de Christina à la recherche de la sienne. Ses lèvres étaient si ardentes qu'Egor ne perçut, au premier abord, qu'une fulgurante douleur dans tout son corps. Puis la douceur vénéneuse se coula dans son sang. Il ne pouvait plus résister. Son souffle passa dans le souffle de Christina, et ses lèvres se laissèrent happer, incendiées par sa bouche délicieuse comme une maladie inimaginable. La caresse était si sauvage que les yeux d'Egor s'embuèrent, et il sentit s'ouvrir sa voûte crânienne, ses os s'amollir ; toute sa chair tressaillit en un spasme suprême.

Christina releva la tête et le regarda entre les cils. Que tu es beau, Egor !... Elle le caressa, approcha lentement son visage de ses petits seins tremblants. Egor eut l'impression d'entendre de quelque part une voix sourde, mélodieuse, réciter près de son oreille :

Arald, ne veux-tu pas poser ton front sur mon sein ?
Toi, dieu aux yeux noirs... Ô quels beaux yeux [tu as...
Laisse-moi entourer ton cou de ma chevelure [blonde...
Ma vie, ma jeunesse, tu en as fait un paradis –

Laisse-moi me mirer dans tes yeux mortellement
[doux !...

Ce ne semblait pas être sa voix du rêve ; ce n'était pas non plus sa voix inaudible, jaillissant tout droit de ses pensées. Quelqu'un avait prononcé près d'elle ces bribes de poème. Les vers paraissaient connus à Egor, il lui semblait les avoir lus il y avait longtemps, une fois en automne au lycée, par une nuit de grande solitude. Egor, quels yeux as-tu ? lui demanda Christina. Elle tourna sa tête de ses mains menues et le fixa profondément, frissonnante. Toi, dieu aux yeux noirs !... Tu as des yeux violets, sans peur... Combien de femmes s'y sont-elles mirées, Egor ?... Comme je voudrais fondre la glace de tes yeux avec ma bouche, bien-aimé ! Pourquoi ne m'as-tu pas attendue, pourquoi n'as-tu point voulu n'aimer que moi ?...

Egor tremblait, mais ce n'était plus un spasme de terreur, c'était l'impatience de tout son corps, un anéantissement délirant dans l'attente de l'infinie jouissance. Sa chair se défaisait, affolée, car la volupté le prenait à la gorge et l'humiliait. La bouche de Christina avait la saveur des fruits de rêve, le goût de toutes les ivresses interdites, maudites. Même les divagations d'amour les plus maléfiques jamais n'avaient distillé autant de venin, autant de rosée. Dans les bras de Christina, Egor ressentait les joies les plus sacrilèges, en même temps qu'un céleste éclatement, une communion totale et complète. Inceste, crime, folie – amante, sœur, ange… Tout convergeait et se résorbait à proximité de cette chair embrasée, et pourtant sans vie…

« Christina, je rêve ? » murmura-t-il, pâle, les pupilles vagues.

La jeune fille lui sourit. La rosée de ses lèvres demeurait immobile ; sa bouche était figée dans le même sourire. Et cependant, Egor entendit clairement la réponse.

… *Et si de la sorte je ferme un œil, je vois ma main plus petite qu'avec les deux yeux… En fait, le monde est le rêve de notre âme…*

Oui, c'est vrai – des pensées traversaient l'esprit d'Egor – elle a raison. *À présent, je rêve.* Et personne ne m'oblige à m'éveiller.

Parle-moi, Egor ! il entendit l'appel en pensée. Ta voix me fait mal, me tue… Mais je n'en puis plus sans elle !…

« Que veux-tu que je te dise, Christina ? » demanda Egor, exténué.

Pourquoi le gardait-elle maintenant près de son sein et l'obligeait-elle à parler, le contraignant en même temps à attendre, à retarder leur étreinte tout entière ? Pourquoi l'avait-elle appelé avec autant d'impatience et s'était-elle dévêtue devant lui, et pourquoi maintenant, à demi nue, avait-elle oublié jusqu'à la lumière qui l'avait incommodée si fort au début, et sa timidité à lui, et ses tentations séductrices à elle ?

« Que veux-tu que je te dise ? répéta-t-il en la regardant dans les yeux. Es-tu morte, ou n'es-tu qu'un songe ? »

Le visage de Christina s'attrista jusqu'au désespoir. Elle ne cilla pas, mais ses yeux perdirent brusquement leur éclat et s'enténébrèrent. Son sourire eut du mal à percer, et ses lèvres n'exhalaient plus le parfum empoisonné qui avait bouleversé la chair de l'homme dans ses bras.

Pourquoi me poses-tu toujours des questions, Egor, mon amour ? perçut-il de ses pensées. Pourquoi veux-tu savoir si je suis vraiment morte et si tu es mortel ?... Si tu pouvais rester auprès de moi, si tu pouvais n'être qu'à moi, quel miracle inouï ne s'accomplirait-il pas !...

« Mais maintenant je t'aime, gémit Egor. Je n'ai pas voulu t'aimer au début, j'avais peur de toi ! Mais à présent, je t'aime ! Que m'as-tu donné à boire, Christina ? Quelle mandragore fleurit sur tes lèvres ? »

Le délire l'envahit subitement ; comme si son sang, son esprit et sa parole avaient soudainement été empoisonnés. Il se mit à parler sans suite, rapprochant de plus en plus son front de la poitrine de Christina, chuchotant et câlin, cherchant fiévreusement la chair de neige dans laquelle il aspirait à se dissoudre.

Christina sourit. C'est cela, mon aimé, parle-moi de passion, dis-moi sans trêve que mon corps te plaît, contemple longuement mes yeux, perds-toi…

« Je voudrais t'embrasser », murmura Egor, égaré.

Il sentit alors une fois encore la braise de ses lèvres, cette béatitude de pierre. Il lui sembla se perdre, s'évanouir, et il ferma les yeux. Il entendit à nouveau la pensée de Christina. Déshabille-moi, Egor ! Déshabille-moi, toi !… Il commença à plonger ses mains dans les mousselines vénéneuses. Ses doigts brûlaient, comme pris dans des glaces. Son sang dévalait vers son cœur. Le désir que ressentait à présent Egor le précipitait aveuglément, affolé, vers une volupté entremêlée de dégoût. Un élan démoniaque de se perdre, de s'égarer en un seul spasme. Sous ses doigts pâles, le corps de Christina se mit à trembler. Et pourtant, il n'entendait pas le moindre soupir, pas le moindre souffle sortir de ses lèvres entrouvertes et humides. La chair de Christina vivait d'une manière absolument autre, refermée sur elle-même, sans sueur, sans murmure.

Qui t'a appris à cajoler, homme volant ? l'interpella la pensée de Christina. Pourquoi tes mains me brûlent-elles, pourquoi ton étreinte m'anéantit-elle ? Egor dégrafa son corset et laissa glisser ses doigts le long de son dos pétri de silence. Soudain, il se figea et fut pris d'un tremblement. Il lui sembla s'éveiller au bord d'un marais fétide, sur le point de choir. Christina le regarda longuement, interrogatrice, mais Egor ne leva point les yeux sur elle. Ses doigts avaient rencontré une blessure suintante et chaude ; *le seul endroit chaud* sur le corps surnaturel de Christina. Sa paume avait effleuré dans un vertige sa chair de grande inconnue – et s'était raidie, crispée, saisie au piège du sang. La blessure était encore fraîche et si vivante qu'Egor eut l'impression qu'elle venait tout juste de s'ouvrir. Le sang gargouillait. Pourtant, comment ne traversait-il pas le corset, comment n'empourprait-il pas la robe ?...

Il se leva soudain, hébété, les mains sur les tempes. Une épouvante immonde bouleversait à nouveau tout son être. Heureusement que tout s'est passé en rêve ! se disait-il, et que je me suis réveillé *avant*... Mais au même moment, il vit le corps à demi nu de Mademoiselle Christina, abandonné sur le lit, humilié – et il entendit sa pensée : C'est ma blessure, Egor ! C'est là qu'est passée la balle, c'est là que la brute a tiré ! Ses yeux étaient à nouveau voilés. Son corps paraissait plus blanc, plus lointain, mais le charme était rompu. Egor regarda sa main, horrifié. Une légère tache de sang persistait sur ses doigts. Il râla sauvagement, d'épouvante, et se précipita dans le coin opposé de la chambre, derrière la table. Toi aussi, tu es comme tous les autres, Egor mon amour ! Tu as peur du sang !... De ta propre vie même tu as peur, de ton destin de mortel !… Pour une heure d'amour, je n'ai pas hésité, moi, devant la pire des malédictions. Et toi, tu recules devant une goutte de sang, Egor, toi le mortel… Christina se leva du lit, altière, triste, inassouvie. Egor la vit avec terreur s'approcher de lui.

« Tu es morte ! tu es morte ! » hurla-t-il, pris de délire.

Christina fit quelques pas, calme, en continuant de sourire. Tu me chercheras ta vie durant, Egor, sans me trouver ! Tu mourras de mon absence… Et tu mourras jeune, emportant dans ta tombe cette mèche de cheveux ! Tiens, garde-la ! Elle s'approcha davantage. Egor sentit à nouveau ses narines s'emplir de la fragrance de son corps étrange. Mais il ne pouvait tendre la main. Il ne pouvait plus supporter une fois encore l'atteinte de sa chair silencieuse. Quand Christina leva le bras pour lui offrir la mèche de cheveux, Egor secoua éperdument la table. La lampe tomba, le verre se brisa avec un bruit sourd, éclatant en une flambée jaunâtre. Une puissante odeur de pétrole se répandit dans la chambre. Le corps à demi nu de Mademoiselle Christina paraissait plus effrayant à la lumière des flammes jaillissant du tapis, du plancher. Sa tête était presque dans l'ombre.

Je commence à me réveiller ! se dit Egor avec joie. Maintenant, il faut que je me réveille. Mais il ne comprenait pas pourquoi il était debout, tout égratigné, les mains cramponnées au bois de la table. Il ne comprenait surtout pas les flammes qui se propageaient aux poutres, enserrant son lit et dévorant la lingerie. Mademoiselle Christina est venue ici, c'était en rêve, se disait-il en s'évertuant à pénétrer le sens de tant d'événements inconcevables. Juste en cet instant, il lui sembla que Mademoiselle Christina s'éloignait de lui, avec un regard méprisant, retenant d'une main ses cheveux défaits sur ses épaules, de l'autre rassemblant le désordre de soie sur sa poitrine. Il la vit ainsi un seul instant. Puis, sans qu'il saisît par quel mystère, la chambre fut vide.

Il se sentit seul, au milieu des flammes.

17

M. Nazarie, le médecin et Simina demeurèrent côte à côte, à contempler la calèche aux chevaux endormis. Le temps s'était figé. Les feuilles elles-mêmes semblaient ne plus frémir aux branches, et pas le moindre oiseau ne volait dans la nuit. L'esprit lui-même était engourdi. M. Nazarie regardait, vide de pensée, vide de volonté. Depuis que Simina s'était approchée d'eux, il ne pouvait plus se décider à faire un pas. Il se tenait près du médecin, privé de tout entendement. Seule Simina haletait, désemparée, aux aguets.

« Il vous faut partir, finit-elle par dire. Elle va revenir très bientôt… Elle se fâchera après moi si elle vous voit ici… »

Le murmure de Simina semblait venir de très loin. Ils devaient faire un effort pour l'entendre.

« Elle va se fâcher », répéta Simina.

M. Nazarie se mit à se frotter les yeux. Il jeta un regard pensif à ses compagnons, puis à l'équipage. Les chevaux attendaient, tête basse, désespérés.

« … Quel long sommeil », dit-il comme pour lui-même.

Simina sourit. Elle le prit par le bras.

« Nous n'avons pas dormi, chuchota-t-elle, nous sommes restés ici à l'attendre…

— Oui, c'est vrai », approuva le médecin. On voyait bien qu'il n'avait pas conscience de ce qu'il disait. Il avait prononcé ces mots sans presque les entendre. Il était paralysé, et aucune sensation ne lui parvenait plus de son propre corps.

« … Elle vous appellera vous aussi, reprit Simina, mais une autre fois. Maintenant, elle est chez Egor, elle est allée chez lui… »

M. Nazarie frémit. Mais il n'avait pas la moindre force ni la moindre pensée. Le charme de Simina était lénifiant ; il ne laissait même pas le loisir de se troubler, d'avoir peur.

« … Lui, c'est un vieux serviteur fidèle, le valet de Christina, murmura Simina en montrant le milieu de l'allée. N'aie pas peur de lui… Il est bon…

— Je n'ai pas peur », dit sagement M. Nazarie.

Au même instant, il sentit une douleur glaciale le percer par-derrière, vers le cœur. Comme s'il s'éveillait à la douleur, à la crainte. Le froid s'était soudainement fait sentir, et il se mit à trembler. Le pas pressé, courroucée, Mademoiselle Christina venait du bout de l'allée. Elle passa à côté d'eux en les fixant dans les yeux, menaçante ; ses prunelles étaient si vitreuses qu'on eût dit qu'elle voulait les foudroyer d'un regard. M. Nazarie vacilla, atterré. Ce n'était plus à présent l'apparition de brume et de terreur, ni la présence oppressante d'une âme invisible. Christina les toisait sévèrement, dans l'espace – pas dans un rêve. Il la voyait avec une précision délirante, très près de lui. Il était stupéfait surtout de son pas féminin, précipité et furieux. Mademoiselle Christina s'installa dans la calèche, serrant à deux mains les soies mousseuses autour de son cou. Sa robe était en désordre, son corsage ouvert. Un gant de soie noire, long et fin, glissa sur le marchepied de l'équipage, puis tomba subreptidement au milieu de l'allée.

Simina se précipita la première vers la calèche quand Mademoiselle Christina s'en approcha. Elle avait un regard effaré, les yeux perdus et vitreux. Son visage blafard ressemblait au visage ivoirin de Christina. Ses mains se portèrent vers elle, glacées. Elle ne dit mot. Elle attendait peut-être un signe, un encouragement. Mademoiselle Christina lui adressa un sourire très triste, très las – en la regardant droit dans les yeux, semblant lui confier d'un seul regard tout ce qui s'était passé. Puis la calèche partit sans bruit, comme bercée par une sombre buée au-dessus de l'allée. Au bout de quelques instants, on ne la vit plus.

Simina baissa les yeux à terre, abattue, songeuse. M. Nazarie soufflait pesamment. Le médecin était toujours pétrifié. Il regardait attentivement, presque fasciné, un point noir à quelques mètres devant lui, dans l'allée.

« Elle a oublié son gant ! » finit-il par s'exclamer un peu plus tard d'une voix étouffée.

Simina tressaillit, inquiète. Elle tourna la tête, comme si elle avait d'abord voulu courir vers cette tache noire au milieu du chemin. Mais le médecin l'avait devancée. Il se pencha en titubant et s'empara d'un vrai gant noir, de soie, qui sentait vaguement la violette. Il le tenait avec roideur dans la main, sans comprendre le frisson de glace et de feu qui l'avait transpercé.

« N'y touchez pas ! » s'insurgea Simina en s'approchant.

M. Nazarie lui aussi regardait à présent, d'un œil dépourvu d'intelligence, hébété, comme altéré par l'incompréhension et la terreur. Il essaya lui aussi de toucher de la main cette soie surnageant d'un songe. Mais le gant s'était consumé imperceptiblement dans la paume du médecin, comme dévoré par une braise occulte. Ce n'était plus qu'une cendre pourrie, poussiéreuse, qui palpitait tristement au milieu de l'allée, juste à l'endroit où il avait glissé de la calèche. Le médecin la laissa s'éparpiller en retournant sa paume, somnolent.

Le feu s'étendait rapidement dans la pièce. Maintenant, c'était l'armoire à habits, le lit et les rideaux qui flambaient. Egor cependant demeura longtemps indécis, les mains appuyées sur la table, suffoqué par la fumée. Je devrais faire quelque chose, songeait-il comme en rêve. Il aperçut dans un coin un broc à eau, qu'il attrapa en sautant par-dessus le tapis brûlé, puis se mit à asperger au hasard. Il se sentait totalement vidé de forces. L'eau trouvée dans la chambre ne lui suffit même pas à éteindre le feu du parquet près de la porte, où il se tenait. Il essaya alors d'ouvrir la porte pour appeler au secours. La porte était fermée. *Ce n'est pas moi qui l'ai fermée*, se rappela-t-il en frissonnant. L'épouvante qui s'empara de nouveau de lui lui redonna des forces. Il chercha à tâtons la clé dans la serrure. Le métal était brûlant, enfumé ; la clé tournait difficilement, des langues de feu s'étaient hasardées jusqu'à la porte et avaient maculé de suie l'épais vernis jaune éraillé.

Egor courut dans le couloir. Il cria. L'obscurité était encore complète. Seuls de légers nuages de fumée, empourprés par le brasier intérieur, s'échappaient de la porte ouverte. Egor appelait surtout M. Nazarie. La solitude et le silence qui l'accueillirent jusqu'au bout du couloir lui étaient incompréhensibles. S'il avait reconnu la porte du professeur, il aurait cogné à coups de pied pour l'éveiller. Mais dans les ténèbres, il ne parvenait pas à se retrouver. Il descendit jusque dans la cour, sans rencontrer personne. Il demeura quelque temps devant la maison, perdu, s'évertuant à comprendre ce qui lui arrivait, espérant encore en un brusque réveil, espérant encore qu'il rêvait. Il scruta ses mains dans l'obscurité. Il ne voyait rien. Pourtant, une odeur fade de fleurs mortes, de vieux linge, parvenait jusqu'à lui. Quand il leva les yeux, il entrevit une gerbe puissante jaillir de la fenêtre de sa chambre. Le feu gagnait promptement le grenier. Ils vont brûler vifs ! s'effraya Egor. Il se remit à crier. Mais il lui sembla entendre des pas dans l'allée, derrière lui, et sans se retourner, terrorisé, il se mit à courir en direction de la maison de maîtres, où dormait la famille Mosco. Ce n'est que maintenant qu'il se souvenait du péril que courait Sanda.

Si seulement il n'était pas trop tard ! se disait-il. Si je pouvais arriver à sa chambre sans que personne s'en aperçoive…

Il avait crié tant de fois, et personne ne s'était réveillé, pas le moindre chien n'avait aboyé. Toujours la même cour déserte, et l'ombre du parc pesant de tous côtés. Tous les hommes sont partis dans les vignes, c'est ce que lui avait dit Simina. Mais comment se faisait-il que Simina, ou la nourrice, ou Mme Mosco ne l'ait pas entendu ? Il regarda en arrière ; l'air commençait à rougeoyer.

À proximité, les grappes de lilas et d'acacias étaient à présent flanquées d'ombres grelottantes, noyées dans une lumière fatiguée, sanguinolente. Toute la maison va brûler, se dit-il avec indifférence. De toute évidence, Nazarie s'était enfui ; il était parti avec le médecin, pour le laisser seul, pour qu'il périsse tout seul. Ils ont eu peur…

Il marchait lentement, avec des précautions inutiles, autour de la maison de maîtres. Bientôt ils allaient tous se réveiller, ceux des vignes et du village allaient se rassembler. Le feu brûlait au loin, sans bruit. Il est encore temps, de la sauver, de la prendre dans mes bras et de m'enfuir avec elle…

Il s'aperçut alors que Sanda le contemplait de tout près, appuyée contre la fenêtre, comme si elle attendait depuis longtemps sa venue. Elle était en chemise de nuit, très blanche, la joue dans la main, comme si elle était fatiguée d'attendre, prête à sombrer dans le sommeil. Egor tressaillit en découvrant son visage pâle et absent. Elle *sait* ce qui s'est passé… Il fit quelques pas vers la fenêtre.

« Tu es venu ? interrogea Sanda d'une voix éteinte. Maman disait que tu ne viendrais plus cette nuit… Il est tard !… »

Elle le regarda droit dans les yeux, mais sans la moindre émotion. Elle ne s'étonna même pas de le voir apparaître soudain devant elle, au milieu de la nuit.

« Prends une veste et viens vite en bas ! » lui dit Egor.

Sanda continuait de le regarder. Elle se mit à trembler. Comme si elle commençait seulement de sentir le froid de la nuit, la brume froide qui avait raidi ses épaules, ses bras, son cou.

« … Mais je ne pourrais pas, murmura Sanda en s'agitant. Moi, vous ne me contraindrez pas. Je ne peux pas !… J'ai pitié… »

Egor la regarda avec épouvante. Il avait compris que Sanda ne s'adressait pas à lui, mais à une créature invisible, peut-être derrière lui, que Sanda attendait à la fenêtre et dont elle avait peur. Il se rapprocha davantage du mur. Quel dommage qu'il ne pût monter tout droit dans sa chambre, pour l'obliger à s'habiller, la prendre dans ses bras et la descendre de force…

« … J'en ai vu un tout à l'heure, continua Sanda d'une voix encore plus défaite, maman l'avait attrapé dans son nid… Moi, je ne pourrais pas, j'ai pitié. Je n'aime pas… Pas la moindre goutte de sang…

— À qui parles-tu, Sanda ? lui demanda Egor. Qui attends-tu ici, au milieu de la nuit ?… »

La jeune fille se tut, le regardant au plus profond des yeux, sans comprendre.

Il avait presque peur de détourner les yeux, qu'elle ne tombe à son insu.

« Je suis venu te sauver ! s'exclama Egor, les mains levées, agrippées au mur.

— C'est ce que maman aussi m'a dit, murmura Sanda en tremblant. Mais j'ai peur… Venir maintenant ? Sauter en bas ?… »

Egor se figea. Il lui sembla que Sanda se hissait sur la pointe des pieds et tentait de grimper sur la fenêtre. Peut-être était-elle trop faible, car elle s'efforçait maladroitement de pousser tout son corps sur le haut rebord de la croisée. Le geste était répété sans nervosité, mais avec obstination ; comme si elle se soumettait à un ordre impossible à refuser.

« Que veux-tu faire ? hurla-t-il terrifié. Reste là-haut ! Ne bouge pas !… »

Sanda paraissait ne pas avoir entendu ses paroles, ou ne pas en avoir compris le sens. Elle avait à présent réussi à se mettre debout sur le rebord de la fenêtre. Elle attendait un signe, ou peut-être n'attendait-elle que le courage de se laisser tomber. Il n'y avait guère plus de quatre mètres jusqu'à la terre. Néanmoins, à la manière d'osciller de Sanda, la tête la première, la chute pouvait être fatale. Egor ne cessait de l'appeler, effrayé. Il tendait les bras vers elle, pour qu'elle le voie, qu'elle le reconnaisse.

« N'ayez crainte, entendit-il soudain une voix mate, très proche. Elle nous tombera dans les bras… Ce n'est pas trop haut !… »

Il tourna lentement la tête. Près de lui, il y avait M. Nazarie, le visage bouleversé, trempé de sueur.

Il ne le regardait pas. Il suivait des yeux les gestes somnolents de Sanda.

« Si vous voulez, vous pouvez aller la chercher dans sa chambre, ajouta M. Nazarie en un murmure. Je reste ici. Avec le médecin. »

C'était vrai, le médecin était là, à quelques pas, entre les rosiers. Il s'appuyait sur son fusil. Il paraissait s'être accoutumé à tout ce qui se passait autour de lui. Il y avait une assurance irréelle dans son attention sobre, médusée.

« Qui a mis le feu ? interrogea M. Nazarie en se rapprochant du mur.

— Moi. J'ai fait tomber la lampe à gaz, murmura Egor. Je l'ai fait tomber dans mon sommeil, par mégarde… J'avais eu l'impression que Christina était venue… »

M. Nazarie se rapprocha davantage d'Egor et le saisit par le bras.

« Moi aussi je l'ai vue, dit-il tranquillement. Je l'ai vue au milieu du parc… »

En cet instant, les bras de Sanda frappèrent mollement l'air, comme deux ailes blessées. La jeune fille s'effondra, frissonnante, sans un cri. Elle tomba sur la poitrine d'Egor, le précipitant à terre. Dans la chute, sa chemise dénuda son corps, et Egor, étourdi par le choc, s'aperçut qu'il portait à bout de bras une jeune fille nue, endormie et froide. Les mains de Sanda pendaient indolemment. Son corps était inerte, commotionné par la chute.

« J'espère que vous ne vous êtes pas fait trop mal », dit M. Nazarie en aidant Egor à se relever.

Puis il porta l'oreille sur le sein de la jeune fille.

« N'ayez crainte, ajouta-t-il, son cœur bat encore… »

18

La maison brûlait maintenant avec de hautes flammes. Le parc était illuminé par-dessus les cimes des acacias. Quelques corbeaux tirés de leur sommeil volèrent au-dessus de l'écurie. Les chiens eux aussi commençaient à présent à s'éveiller, on entendait des aboiements sourds, très éloignés.

« Portons-la dans la maison, dit Egor en posant sa veste sur les épaules presque nues de Sanda. Ce sera long jusqu'à ce qu'elle revienne à elle… »

La douleur qu'il avait ressentie en tombant sous le poids de Sanda lui avait fait du bien ; elle semblait l'avoir éveillé à la vie de tous les jours.

« Toutes nos affaires ont brûlé », murmura le médecin, les yeux rivés sur le feu.

Il s'efforçait en cet instant de se remémorer ce qu'il avait fait des mille lei que lui avait remis Mme Mosco. Étaient-ils dans la poche de son manteau, ou les avait-il laissés sur la table, à côté de sa montre et de la boîte à cartouches ?

« Tout va brûler, jusqu'aux fondations, dit sombrement M. Nazarie. Mais peut-être est-ce mieux ainsi… Peut-être la malédiction s'achèvera-t-elle… »

Sur ces entrefaites, les premières voix humaines se firent entendre, de l'autre côté de la cour.

« Les hommes arrivent des vignes et du village, dit Egor rapidement. Ramenons d'abord Sanda… »

Il la prit dans ses bras et se dirigea vers l'entrée de service de la maison de maîtres. La jeune fille somnolait. Son visage était un peu souillé, peut-être de suie, ou de la boue dont Egor était plein. Par quel miracle ne s'était-elle ni rompu une jambe ni tordu une main dans sa chute ? s'étonna Egor. Si quelque chose de grave lui était arrivé, elle se serait sans doute éveillée d'un seul coup, ou peut-être était-ce la terreur qui l'avait à nouveau plongée dans l'inconscience…

« Qui va là ? » lança M. Nazarie.

Quelques ombres bougèrent près des communs. Les hommes surgissaient en hâte, presque au pas de course.

« C'est nous, maître, répondit l'un d'eux dans l'obscurité, ceux du père Marin, des vignes…

— Quel malheur, fit un autre en se rapprochant. Jusqu'à ce que les autres arrivent du village, tout va brûler…

— Qu'elle brûle, répondit sévèrement M. Nazarie. Que périsse la goule ! »

Les hommes se raidirent de stupeur. Ils se regardaient, embarrassés, ensommeillés.

« Vous aussi vous l'avez vue ? interrogea le premier. C'était vraiment elle, la dame ?...

— Mademoiselle Christina, dit calmement Egor, c'est elle !... C'est elle qui a renversé la lampe... »

Puis il reprit son chemin, Sanda sur les bras, vers la porte ; il commençait à avoir peur de ce corps engourdi qu'il portait, de son jeune cœur qu'il n'entendait plus battre.

M. Nazarie resta en arrière, pour raconter aux hommes ce qui s'était passé.

« ... Cela vaut mieux ainsi, murmura-t-il. Maintenant, c'en sera fini de Christina... »

Les hommes continuaient de se rassembler, en sautant la balustrade au fond de la cour ou en passant directement par le parc. Ils arrivaient aussi de l'autre côté, du village, s'attroupant devant le feu, sidérés, regardant de loin, sans rien faire sinon se signer. D'aucuns, qui avaient vu Egor, coururent vers le brasier et répandirent la nouvelle.

« Notre bétail à nous aussi a péri, les entendit M. Nazarie. Tout a péri cet automne...

— ... Et les enfants qui meurent, ils deviennent vampires », entendit encore M. Nazarie.

C'est à lui qu'ils parlaient. Ils n'osaient pas trop s'approcher de la maison, y entrer, poser des questions. Ils n'osaient même pas donner un coup de main pour éteindre la fournaise. On entendait à présent craquer les poutres d'en bas et parfois, les plafonds fragiles s'éboulaient dans un nuage de fumée.

M. Nazarie se retrouva soudain seul devant tous ces inconnus, ces paysans tirés de leur sommeil, encore haletants de la course à travers la cour. Cette fois-ci, il ne savait comment leur parler. Il ne savait que leur demander, et il commença à avoir peur de leur nombre, de leur présence à chaque instant plus grave, presque plus menaçante. Les langues de feu s'élevaient si haut maintenant et les ombres des hommes étaient si vastes, si fantomatiques, que subitement M. Nazarie se souvint des jacqueries d'autrefois. Mais aujourd'hui, les hommes attendaient en silence, austères et songeurs – et ils ne réclamaient rien, ils n'exigeaient la vie de personne. Ou peut-être demandaient-ils la mort sans appel de Mademoiselle Christina, que l'intendant n'avait tuée qu'à moitié, jadis, il y avait longtemps, lors de la grande orgie de 1907...

M. Nazarie rentra précipitamment dans la maison, sur les pas d'Egor. Les fenêtres laissaient maintenant passer assez de lumière pour qu'il pût se glisser sans danger dans le couloir. Il trouva Egor sur le seuil de la chambre de Sanda.

« Je ne sais si j'ai bien fait de la ramener ici, dit-il. Je crois qu'elle dort... Mais elle pourrait s'éveiller d'une minute à l'autre, et elle pourrait de nouveau tenter de...

— Il faudra la garder, dit M. Nazarie. Le médecin viendra aussi… Appelons-le…

— Seulement, moi, j'aurais quelque chose à faire avec les hommes… dit Egor préoccupé. Et j'aurais en même temps besoin de vous… »

Il ne savait que décider. Il retourna dans la chambre. Sanda paraissait évanouie.

« Pourquoi le médecin n'est-il pas venu lui aussi ? interrogea Egor, un peu énervé. Je ne me rends pas bien compte de ce qu'elle a, pourquoi elle dort si profondément…

— Comme si le médecin pouvait encore quelque chose maintenant… » murmura M. Nazarie, méditatif.

Lorsque les murs commencèrent de s'écrouler, les paysans reculèrent de quelques pas, sans quitter des yeux le feu. C'était comme si une maison abandonnée brûlait, tellement leurs silhouettes demeuraient immobiles et indifférentes. Ils marchaient sur les parterres de fleurs, écrasaient les rosiers par inadvertance. Presque personne ne parlait. Ils regardaient comme s'ils attendaient l'accomplissement d'une ancienne promesse, trop ardemment souhaité et trop longtemps différé pour qu'il pût encore les réjouir.

« Laissez-moi passer », s'éleva soudain la voix d'Egor.

Il paraissait maintenant plus grand, amaigri. La danse des flammes repoussait plus profondément encore ses yeux dans leurs orbites. Il se frayait un chemin à coups de coude parmi les hommes silencieux.

« Qui sait défaire les sorts, conjurer les stryges ? » interrogea-t-il en jetant autour de lui un regard implacable.

Les hommes hésitèrent, les yeux baissés.

« Ben, seulement les bonnes femmes… » répondit l'un d'eux en plissant les paupières.

Egor ne saisit pas si l'homme souriait ou se signait en lui-même. C'était le plus malin de tous, le plus hardi aussi.

« Et qui d'entre vous aurait une hachette, ou un couteau ? demanda à nouveau Egor. On aurait quelque chose à finir ensemble… »

Ses propos avaient frappé juste. Les hommes tressaillirent, ragaillardis, ébranlés. Sans croiser le fer ni coup férir, l'anéantissement en flammes des demeures maudites ne les émouvait guère.

« Allez, venez avec moi », s'adressa Egor à ceux qui les premiers étaient sortis des rangs.

M. Nazarie apparut près de lui, blême, et l'attrapa par le bras.

« Que voulez-vous faire ? » lui demanda-t-il en claquant des dents.

Quand il avait vu Egor rembruni quitter la chambre de Sanda, comme furieux de l'incompréhensible évanouissement de la jeune fille, s'enquérant nerveusement de la chambre de Mme Mosco, M. Nazarie avait commencé à avoir peur. Et s'il était devenu fou ? s'interrogea-t-il avec épouvante. Les yeux d'Egor brûlaient d'une flamme si sauvage que le professeur n'osait le regarder.

« Que voulez-vous faire avec une hache ? insista-t-il, en secouant le bras d'Egor.

— J'ai besoin de fer, dit Egor, de beaucoup de fer bien froid contre les envoûtements… »

Ces mots, il les avait prononcés avec clarté et netteté. Pourtant, Egor porta la main à son front comme s'il avait voulu en chasser un souvenir trop cruel, une malédiction trop récente. Il avançait à grands pas, suivi par la plèbe qu'il avait rameutée derrière lui.

« Qui est resté auprès de Sanda ? demanda-t-il quelques instants plus tard.

— Le médecin et deux femmes du village », répondit gauchement M. Nazarie.

Le pas décidé et hardi d'Egor ne lui disait rien qui vaille, pas plus que l'appel lancé au-dessus des têtes médusées des paysans. Les hommes s'étaient trop brusquement réveillés en entendant ses paroles. Devant le feu, le fer qu'avait réclamé Egor revêtait une signification magique, vengeresse. Appeler ainsi soudainement des hommes à sortir des couteaux et à vous suivre dans les demeures de maîtres…

« Vous voulez vraiment qu'ils nous suivent tous, dans la maison ? » demanda interloqué M. Nazarie.

Quelques paysans s'étaient arrêtés, indécis, sur le seuil. Mais Egor leur fit signe d'avancer, derrière lui.

« Faites vite quelques torches, avec ce que vous trouverez », les encouragea-t-il.

Il faisait sombre dans la maison. Quelqu'un était entré avec un brandon d'acacia allumé à l'incendie, mais la flamme s'éteignit rapidement, et la pièce s'emplit d'une fumée âcre, suffocante. Egor était impatient. Il n'avait plus ni le temps ni l'envie de chercher une lampe à gaz. Une lumière brûlait en un seul endroit – dans la chambre de Sanda – mais il ne voulait plus y passer. Il aperçut les rideaux de toile aux fenêtres du couloir.

« On ne peut pas faire de torches avec ça ? » demanda-t-il en les montrant aux hommes.

Celui qui ne cessait de plisser les paupières s'approcha d'une fenêtre et arracha le rideau, le faisant tomber avec la tringle de bois. Ce bruit sembla être le premier accomplissement d'une satisfaction promise par l'appel d'Egor. Les hommes se mirent à respirer plus lourdement, inconsciemment enhardis, sans savoir contre qui.

« Ne mets pas le feu à toute la maison avec ça, dit sévèrement Egor, voyant que son compagnon inconnu enflammait le rideau.

— Je vais bien l'arranger, vous verrez, n'ayez crainte, maître », répondit l'homme.

Il entortilla le rideau autour d'un bâton et ne laissa brûler que l'extrémité. Un autre, à côté, arracha encore un lambeau et y bouta le feu avec le même soin. Le couloir était maintenant rempli de fumée et chichement illuminé par la flamme hésitante de la toile. Egor partit le premier, devant. C'était comme s'ils avançaient dans une cave, tellement l'air était humide et suffocant.

Le médecin rattrapa Egor. Il voulut lui dire quelque chose, mais pris à la gorge par la fumée, il se mit à tousser. Ils passaient devant de nombreuses portes, et Egor les scrutait attentivement, renfrogné, hésitant, comme s'il s'évertuait à se souvenir de quelque chose. Au bout du couloir, il se heurta à la nourrice. Elle était effrayée, les yeux embués et larmoyants.

« Que cherchais-tu ici ? lui demanda brutalement Egor.

— Je gardais la dame, murmura sèchement la femme. Vous êtes venu mettre le feu à toute la demeure ? »

La question avait sonné méchamment, et en dépit de la terreur que trahissait le regard de la nourrice, son visage était moqueur.

« Où est Mme Mosco ? » interrogea tranquillement Egor.

La nourrice indiqua une porte.

« Dans la chambre de Mademoiselle… »

Elle se tut. Le souffle des hommes parvenait à présent jusqu'à elle, inquiétant et étourdissant.

« Dans la chambre de Christina, n'est-ce pas ? » dit Egor.

La femme hocha la tête. Egor se tourna vers les hommes et leur dit :

« Celle-là, gardez-la parmi vous, elle est presque folle elle aussi… Mais ne lui faites pas de mal… »

Il entra le premier dans la chambre de Christina, sans frapper. Une bougie sinistre et une lampe à gaz y brûlaient. Mme Mosco les attendait, très fière, au milieu de la chambre, droite, le regard clair. Egor demeura quelques instants décontenancé par cette apparition inattendue, par le front blanc de Mme Mosco, par son visage solennel.

« Vous êtes venus pour la terre ? demanda Mme Mosco. Nous n'avons plus de terre… »

Elle semblait ne pas voir Egor. Elle semblait s'adresser directement aux hommes derrière son dos, aux visages rudes et enhardis, aux yeux chavirés par cette chambre de grande dame où plus personne ne dormait depuis si longtemps.

« … J'aurais pu appeler les gendarmes, poursuivit Mme Mosco, j'aurais pu vous faire donner le fouet par mes serviteurs. Le capitaine Darie, de Giurgiu, est mon ami, j'aurais pu le faire venir ici, avec son régiment… Mais je n'ai pas voulu verser le sang. Si c'est pour la terre que vous êtes venus, je vous le dis, nous n'en avons plus. On nous l'a prise… »

Egor se rendit compte que Mme Mosco divaguait, qu'elle se croyait en plein soulèvement, et qu'elle essayait de le faire tourner court, afin qu'aucun paysan ne perde la tête. À côté, les maisons brûlaient, ces hommes étaient venus ici porteurs de fer, et tous étaient suffoqués par la fumée, par l'odeur de toile roussie. Pourtant, Mme Mosco continuait de parler.

« Vous avez levé le village tout entier et vous avez bouté le feu à la maison… Vous avez oublié que moi aussi j'ai des enfants… »

Egor sentit alors braquée sur lui une paire d'yeux froids, métalliques, meurtriers. Il leva les yeux et aperçut le portrait de Mademoiselle Christina. Elle ne lui souriait plus maintenant. Elle avait fermé à demi les yeux et le transperçait profondément, d'un regard à la fois interrogateur et désapprobateur. Egor frémit et se mordit les lèvres. Il se précipita soudain sur Mme Mosco et l'écarta du chemin, la jetant sur le lit de Christina. Mme Mosco se mit à trembler.

« Vous voulez me tuer ? » chuchota-t-elle d'une voix éteinte.

Egor avait saisi la hachette de la main de son voisin et s'approcha du tableau. Il leva très haut le bras, puis le lança sur la gorge enveloppée de dentelles de Mademoiselle Christina. Il lui sembla que les yeux cillaient, que le sein tressaillait. Il lui sembla aussi que sa main pendait morte, insensible à partir du coude. Mais ce ne fut qu'une impression. Car, un instant plus tard, la hachette se leva à nouveau et déchiqueta le visage épanoui de Christina.

Il entendait les cris étranglés de Mme Mosco, et cette douleur rentrée lui enfiévra encore plus sauvagement le sang.

« Arrêtez, vous allez briser le mur ! » cria M. Nazarie derrière lui.

Il se retourna. Son front était couvert de sueur, noirci de suie. Ses lèvres tremblaient. Les hommes le regardaient, hébétés, désarçonnés, défaillants. Ils se maîtrisaient difficilement, car le rictus du tableau à moitié lacéré les excitait eux aussi, tandis que la hachette lancée à toute volée sur le portrait de Mademoiselle Christina avait aussi éveillé en eux l'appétit de détruire, de fouler aux pieds, d'anéantir la chambre à coucher seigneuriale de leur vengeance silencieusement couvée.

« Pourquoi l'avez-vous tuée ? s'éleva soudain le cri de Mme Mosco. Elle vous étranglera tous !… »

Egor s'approcha en tremblant de M. Nazarie.

« Emmenez-la d'ici, dit-il en indiquant le lit, où gisait Mme Mosco. Emmenez-la et gardez-la bien… »

Mme Mosco se tordait. Deux hommes jeunes, avec M. Nazarie, la sortirent par la porte, juste au moment où la bougie s'éteignit en fumant.

« C'est elle la goule, la dame !... » murmura quelqu'un près de la fenêtre.

Egor perçut une fois encore l'émoi qui le projetait ou le rejetait avec une telle puissance dans le songe. Il se prit le front à deux mains. La hachette glissa sur le tapis, presque sans bruit. Quelqu'un la releva en tremblant.

« C'est ici la chambre à coucher de Mademoiselle Christina ! cria soudain Egor d'une voix féroce. Celui qui a peur, qu'il parte, et celui qui n'a pas peur, qu'il reste avec moi... à détruire !... »

Il se précipita le premier, à coups de poing, à coups de pied, sur la petite table près du lit, puis saisissant des lambeaux du tableau, il les tira à terre avec fureur. Quelques instants plus tard, les hommes envahirent tous les coins, détruisant, cassant, fracassant à coups de hache les meubles, la fenêtre, les murs...

« Faites attention de ne pas y bouter le feu ! » cria Egor, hagard.

On n'entendait plus sa voix. En silence, le souffle court, aveuglés par la fumée et les gravats, les yeux presque clos, se cognant les uns aux autres, les hommes faisaient voler en poussière la chambre à coucher de Mademoiselle Christina.

« Qu'elle ne prenne pas feu ! » cria une fois encore Egor.

Un bras par-dessus les yeux, il s'ouvrit un chemin en se faufilant pour esquiver la bousculade. Le couloir était plein d'hommes.

19

Il s'arrêta près d'une fenêtre, pour contempler le feu. Les flammes menaçaient de s'étendre aux toits des vieilles maisons.

Les hommes ne cessaient d'affluer. Ils commencent à venir aussi des villages voisins, se dit Egor. Il était encore bouleversé. On entendait résonner les coups de hache dans la chambre de Christina. Les hommes s'entassaient dans le couloir ; leur respiration profonde s'insinuait partout, l'odeur de leurs chemises, le bouillonnement vertigineux du sang. Si seulement il n'y avait pas de pillage… Egor frissonna, perdu dans ses pensées.

Il lui fut difficile d'arriver à la chambre de Sanda. La jeune fille gisait, toujours engourdie, le visage exsangue et les yeux fermés. Il y avait beaucoup de femmes autour du lit. Il aperçut le médecin dans un coin, concentré, les deux mains serrées sur le canon de son fusil. Près de l'oreiller de Sanda, une vieille femme psalmodiait.

« … et je vis un oiseau rouge
Voulant que tu boives son sang
Ses jours que tu prennes
Mais ni les jours ne prendras
Ni le sang ne boiras
Car à l'aiguille désenvoûterai
Du balai je balaierai
Dans la besace l'enfermerai
Dans le Danube le jetterai
Et dès lors Sanda
Exorcisée sera !… »

Sanda sembla s'entendre appeler des profondeurs du sommeil, car elle se retourna sur le lit, en se débattant. La vieille prit sa main et l'écrasa sur la lame froide d'un couteau. La jeune fille se mit à gémir. Egor se prit la tête dans les mains et ferma les yeux. D'où venaient ces bruits sourds et indéfinis, d'effondrement lointain ? Comme si les fondations de la demeure se lamentaient, comme si de grandes ailes de bois geignaient en se fendant. Une rumeur trouble, somnolente comme une plainte ininterrompue, emplissait l'atmosphère. Dans la chambre, l'air était plus lourd. Le sommeil de Sanda était si proche de la mort qu'Egor se précipita sur le médecin et se mit à le secouer, tout frissonnant.

« Pourquoi ne s'éveille-t-elle pas ? » interrogea-t-il.

Le médecin le regarda longuement, étonné, réprobateur. Comme s'il ne pouvait croire qu'Egor ne comprenne pas une chose si simple, si grave.

« La goule n'est pas encore morte », murmura-t-il très solennellement.

Au même instant, M. Nazarie s'approcha d'Egor.

« Venez donc, les hommes ont perdu la tête... Ils vont tout détruire !... »

C'était vrai, du couloir on entendait s'élever plus pleinement les coups et le brouhaha de l'effondrement. De temps à autre, une vitre brisée lançait son cri aigu parmi les bruits sourds, pesants, étouffés.

« Il faut leur dire quelque chose ! reprit M. Nazarie, ils ont déjà vidé quelques chambres !... Demain matin, vous aurez des comptes à rendre !... »

Egor se prit de nouveau les tempes dans les mains et ferma les yeux. Ses pensées commençaient à s'éparpiller, sa volonté à s'effriter.

« Cela vaut mieux ainsi, finit-il par dire, il vaut mieux tout démolir !... »

M. Nazarie le secoua, épouvanté à son tour par la faiblesse d'Egor.

« Vous êtes fou ! hurla-t-il, vous ne savez pas ce que vous faites ! C'est la dot de Sanda ici !... »

Egor parut revenir à lui. Assombri, les poings serrés, il se précipita parmi les hommes.

« Arrière ! se mit-il à crier. Arrière, voilà les gendarmes... »

Il se fraya difficilement un chemin jusqu'à la chambre à coucher de Christina. Tout était méconnaissable. Partout, les fenêtres avaient été fracassées, le mur troué, les meubles piétinés.

« Arrière ! Arrière ! hurla désespérément Egor. Les gendarmes sont là ! Le régiment est arrivé !... »

Le saccage s'apaisait lentement, d'épuisement. Personne n'avait pris garde au commandement d'Egor. Mais la rumeur s'était répandue que Mlle Sanda se mourait, et les hommes se mirent à reculer, intimidés. Dans la cour comble, ils ne cessaient d'arriver – poussiéreux de chaux, barbouillés de suie, les cheveux tombant sur les yeux. Ceux du dehors ne pipaient mot, frissonnants.

« Venez avec moi ! » dit Egor à M. Nazarie.

Il paraissait de nouveau nerveux, impatient ; sa voix était mate.

« Pourquoi cette nuit n'en finit-elle pas ? s'exclama-t-il en levant la tête vers le ciel. Je ne sais même plus depuis quand je n'ai plus vu la lumière du jour... »

Dans le lointain, encore invisible, l'aube se levait. L'air était froid, limpide, pétrifié. Les étoiles s'étaient éteintes sous la poussée des flammes. Egor avait pris une lampe à gaz à un paysan et la portait précautionneusement, afin qu'elle ne s'éteigne pas en chemin. Il avançait, décidé et songeur. Le voyant se diriger vers les écuries, M. Nazarie s'en effraya.

« Que voulez-vous faire ? » interrogea-t-il d'une voix défaite.

Il avait peur de tant s'éloigner des hommes, de la lumière du brasier. Il avait peur, car le long évanouissement de Sanda ne cessait de lui rappeler le pouvoir des sortilèges.

Egor ne lui répondit pas. Il hâtait le pas vers la vieille remise. Il faisait très sombre par ici, et la lampe projetait une lumière timide, vacillante. Au loin, on apercevait l'incendie s'élever au-dessus de la maison des maîtres. Quand Egor ouvrit la porte de l'écurie et fit le premier pas à l'intérieur, M. Nazarie commença de comprendre. Plus glaciale encore, la peur s'empara de lui. Il n'osait pas lever les yeux. Egor se dirigea directement vers le fond de la remise. La calèche de Mademoiselle Christina était à sa place, immobile.

« C'est *celle-là* ? » interrogea Egor, en haussant la lampe pour que M. Nazarie puisse mieux voir.

Le professeur hocha la tête, très pâle. C'était la même calèche ancienne, endormie ; juste comme il l'avait vue quelques heures plus tôt, dans l'allée principale, dans l'attente du pas léger de Mademoiselle Christina.

« ... Et pourtant, la porte a été fermée », murmura Egor en souriant.

Il avait un sourire perdu, et sa voix était incertaine, mal assurée. M. Nazarie regardait à terre.

« Sortons d'ici, dit-il. Qui sait ce qui se passe dans la maison… »

Mais Egor semblait penser à tout autre chose. Comme s'il n'avait rien entendu, il continuait de contempler à la lumière sale de la lampe les coussins de vieux cuir râpé de la calèche. Ainsi donc, c'était *vrai*. Mademoiselle Christina était venue, *la vraie*… C'était comme s'il voyait à nouveau son corps irréel sur les coussins de l'équipage. Et comme c'était singulier, ce parfum de violette encore perceptible dans l'air !…

« Allez, Egor ! » fit M. Nazarie, impatient.

Ainsi donc, tout allait s'accomplir jusqu'au bout, songeait Egor. Il ploya le front, harassé. Il se remémora sa première rencontre avec la calèche de Mademoiselle Christina.

« C'est curieux, dit-il soudain, c'est curieux que personne n'ait encore vu Simina !… »

Ils se dirigèrent vers la porte. M. Nazarie se pressait, craignant de regarder en arrière.

« C'est vrai, je ne l'ai plus revue depuis que la maison a pris feu, dit-il. Elle a dû se cacher quelque part…

— Moi, je sais où la trouver, murmura Egor avec un sourire. Je sais bien, moi, où se cache la sorcière… »

Pourtant, en dépit de tout, un impossible désespoir lui étreignait le cœur ; comme s'il s'était subitement éveillé, seul, maudit, sans plus pouvoir sortir du cercle de feu de l'envoûtement, sans pouvoir fléchir son destin…

Le médecin avait quitté la chambre de Sanda. Seules y restaient quelques femmes, et Mme Mosco que des paysans respectueux avaient portée dans leurs bras. Le médecin attendait dans la cour, près de la foule, que s'achève l'incendie. Il ne pensait plus à rien et ne se souvenait même pas de l'instant où il s'était réveillé dans cet agréable épuisement, dans cette chaude vacuité. Il s'étonna de voir Egor réapparaître au milieu des hommes et leur demander une fois encore de le suivre. Il n'entendit pas ce qu'il disait ; il ne vit que ses bras levés, son visage assombri. Un groupe de paysans lui emboîta le pas, sans hâte, serrés les uns contre les autres, regards baissés. Le médecin les suivit. Devant, quelqu'un portait un flambeau. Egor avait encore une lampe à gaz, qu'il tenait près de sa poitrine de la main gauche. Dans sa main droite, il serrait une mince barre de fer.

« Laissez-moi descendre le premier, dit-il en arrivant au seuil du cellier. Attendez ici, et quand vous m'entendrez crier, accourez… »

M. Nazarie voulut le retenir. Ses yeux brûlaient du manque de sommeil, de fièvre. Ses doigts tremblaient en se plantant dans le bras d'Egor.

« Vous êtes fou de descendre seul ! » hurla-t-il.

Egor le regarda, hagard. D'où avait-il puisé tant de force pour commander si hardiment les hommes ? s'étonna M. Nazarie. Car les yeux d'Egor trahissaient une immense fatigue, et ses prunelles troubles, ses lèvres raidies et sèches révélaient le délire.

« Vous, je vous prends, dit-il au professeur. Mais il faut avoir un morceau de fer en main... Pour nous défendre », précisa-t-il en un murmure.

Ils se mirent à descendre les marches du cellier. Les hommes restèrent dehors, le souffle ralenti, agglutinés tous ensemble, se sentant encore sains et saufs d'être ainsi côte à côte. Avant de se perdre dans le trou noir de la cave, Egor jeta encore un dernier regard dehors. Le ciel semblait commencer à s'embuer au loin.

« Bientôt il fera jour », dit Egor en tournant la tête vers M. Nazarie.

Il souriait. Il descendit assez rapidement les marches froides, gardant avec émotion la lampe près de sa poitrine.

M. Nazarie le suivait de près. Lorsqu'il sentit le sable humide sous ses pieds, il tressaillit et s'efforça de percer l'obscurité. On ne percevait rien sinon le mur qu'ils rasaient, éclairés seulement par la lumière tremblante de la lampe. Egor avançait sans hésiter, directement vers le fond du cellier. Plus ils allaient de l'avant, plus s'éloignait la rumeur de l'incendie et de l'effondrement des murs.

Ici, sous terre, c'était le silence qui régnait.

« Vous avez peur ? » demanda soudain Egor à M. Nazarie, en lui éclairant le visage.

Le professeur cilla précipitamment, aveuglé. Que lui arrivait-il, quelles folles pensées jaillissaient dans l'esprit d'Egor ?

« Je n'ai pas peur, dit M. Nazarie, car je porte du fer, et une croix… Et puis, bientôt il fera jour… Rien ne peut plus arriver alors… »

Egor ne répondit point. Il repartit plus loin, renfrogné, rehaussant la barre de fer dans sa main droite. Ils entraient maintenant dans la deuxième pièce. Frissonnant, Egor reconnaissait le chemin. Une ombre très légère, couleur de sang, pénétrait d'en haut par un œil-de-bœuf. Nous repassons devant le feu, songea M. Nazarie. Pourtant, on entendait trop peu les bruits du dehors. La lourde voûte et les murs froids étouffaient les rumeurs, lapidifiaient les voix.

« Vous voyez quelque chose, *là-bas* ? interrogea Egor en un murmure, en s'arrêtant et en indiquant de la lampe un coin dans l'obscurité.

— On ne voit rien, répondit M. Nazarie.

— Et pourtant, c'est *là-bas* », s'entêta Egor. Il repartit à grands pas décidés. La lumière se mit à vaciller. Ici, l'air lui-même était plus oppressant, plus humide. Les murs paraissaient de cendre, et au-dessus de leurs têtes, la vieille voûte descendait très bas, presque jusqu'à les écraser.

Ils trouvèrent Simina étendue de tout son long sur la terre meuble et griffée. Elle n'entendit même pas les pas des deux hommes, et la lumière de la lampe ne sembla pas la tirer de son affliction prostrée. Egor se mit à trembler en s'approchant du petit corps égratigné de Simina.

« *Elle* est là, n'est-ce pas ? » chuchota-t-il en secouant l'épaule de Simina.

La fillette tourna la tête et le regarda sans surprise, comme si elle ne l'avait pas reconnu. Elle ne lui répondit pas. Elle se recroquevilla sur cette terre qu'elle avait vainement fouillée de ses ongles, où elle avait collé son oreille si tendue, aux aguets. Ses mains étaient ensanglantées, ses cuisses souillées, sa robe maculée de feuilles qu'elle avait écrasées dans sa course, dans ses fréquentes chutes de la nuit.

« C'est en vain que tu l'attends encore, Simina, reprit rudement Egor. Christina est morte une fois, il y a longtemps, et maintenant, elle va mourir pour de bon !... »

Il se précipita avec furie vers la petite fille, la souleva brutalement de terre et la secoua dans ses bras.

« Réveille-toi ! Christina s'en va à présent dans sa géhenne, et sa dépouille va brûler aux feux de l'enfer !... »

Un trouble singulier s'empara de lui tandis qu'il prononçait ces mots. La fillette pendait mollement dans ses bras. Ses yeux paraissaient de verre et le regardaient, égarés. Elle s'était mordu les lèvres jusqu'au sang. Egor se mit à s'agiter. Il faut que je me décide maintenant, vite, se disait-il en frémissant. Il faut que je me décide, pour les sauver tous…

« Prenez-la dans vos bras et signez-vous ! » dit-il à M. Nazarie en lui tendant le corps sans force de Simina.

M. Nazarie fit un grand signe de croix, puis se mit à marmonner une prière inconnue. Egor s'approcha de l'endroit où gisait peu auparavant Simina, le scruta longuement, comme s'il s'évertuait à le pénétrer, à deviner l'emplacement du sombre trésor qu'il gardait contre toute nature. Puis il saisit la puissante barre de fer et l'enfonça de tout son poids. Des gouttelettes de sueur froide perlèrent à son front.

« C'est *ici* son cœur, Simina ? » lui demanda-t-il sans tourner la tête.

La petite fille lui jeta un regard éperdu. Elle se mit à se débattre dans les bras du professeur. Egor arracha le pieu, qui n'avait pénétré qu'à moitié, et le planta à côté, avec une fureur encore plus obstinée.

« C'est ici ? » interrogea-t-il une fois encore, d'une voix blanche.

Simina frémit. Son corps se raidit brusquement dans les bras de M. Nazarie et ses yeux se révulsèrent. Egor sentit trembler le bras qui pesait sur la barre. J'y suis maintenant, songea-t-il farouchement. Il se laissa peser de tout son poids sur la barre, en hurlant, les yeux fermés. Il sentait le fer pénétrer dans la chair et palpiter dans son œuvre destructrice. Il tremblait, car cette lente pénétration le plongeait nonchalamment dans le délire, dans une folie épouvantée. Il entendit comme en rêve les cris de Simina. Il lui sembla que M. Nazarie se dirigeait vers lui pour l'arrêter, et il s'obstina alors davantage, tomba à genoux, pesant de ses dernières forces, bien que le fer blessât ses mains, heurtât les os de ses poings. Plus profondément, plus loin, jusque dans son cœur, jusqu'à la source même de sa vie ensorcelée !…

Soudain, un douloureux enchantement l'emporta. Il reconnut avec stupéfaction les murs de sa chambre, il aperçut le lit sur lequel il était couché, et la bouteille de cognac sur la petite table. De nouveau, l'odeur de violette. Et il entendit comme un refrain les mots d'autrefois :

… *Mes yeux se blessent à ce feu / Ton regard me consume…*

Où donc avaient subitement disparu Simina, et M. Nazarie, et les murs de cendre du cellier ?… Il entendit une voix très lointaine et affligée l'appeler.

« Egor !… Egor !… »

Il tourna les yeux. Il n'y avait personne. Il était seul, à jamais seul. Jamais plus il ne la reverrait, jamais plus il ne serait troublé par son parfum de violette, et sa bouche ensanglantée n'aspirerait plus son souffle…

Il s'écroula. L'obscurité était à nouveau dense et froide. Il se sentit enterré vif dans un trou inconnu, sans que personne sût où il était, sans plus espérer le moindre salut…

Cependant, des pas humains se rapprochaient d'autres espaces. D'abord une musique triste, une valse désuète, puis des pas d'homme et un rai de lumière. Quelqu'un l'interpella, en approchant très près son visage du sien.

« Vous connaissez Radu Prajan ? Regardez-le ! »

Il tourna la tête, épouvanté. Quel nouveau déguisement absurde ! Radu Prajan ressemblait maintenant à M. Nazarie, et il n'osait pas s'approcher de lui, il n'osait même pas lui parler, il se contentait de le regarder dans les yeux, de l'appeler du regard, l'implorant de venir pour lui dire le grand péril qui le menaçait. Dans ses bras, il tenait Simina, les cheveux sur les yeux, les lèvres blanches.

« Vois, elle aussi est morte ! » semblait lui dire le regard de Radu Prajan.

Mais peut-être n'était-ce pas vrai, peut-être ne lui disait-il cela que pour ne pas être reconnu. Lui aussi, Prajan, avait peur, une frayeur sans issue, car il le scrutait d'un œil glacial, sans ciller…

Il se réveilla entouré de monde. Des hommes portaient des flambeaux, et des haches, et des pieux de bois. Devant lui, sur la terre humide, il aperçut l'extrémité de la barre. Ainsi donc, *c'est vrai !* songea-t-il. Il sourit avec tristesse. Tout avait été vrai. C'était lui, lui-même, qui l'avait tuée. Désormais, d'où attendre la moindre espérance, à qui adresser une prière, et quel miracle ramènerait près de lui la hanche chaleureuse de Christina ?…

« On vous appelle en haut, entendit-il d'une voix inconnue. Mlle Sanda se meurt… »

Il baissa le menton, sans répondre. Nulle pensée. Rien que la solitude, la solitude à lui vouée.

« Elle est morte ! » chuchota une autre voix près de lui.

Il se sentit hissé sur des bras. Il entendit une fois encore la voix, très près de son oreille.

« Mlle Sanda est morte !… Venez en haut, quel malheur !… »

Qui lui avait parlé de si près, dans son immense solitude, dans cette nuit que personne ne parvenait plus à briser, où le moindre bruit ne réussissait plus à pénétrer ?…

On le portait. Autour de lui, les chambres se métamorphosaient, ensorcelées. Il passa d'abord à travers une grande salle de bal, aux lustres dorés et aux pendeloques de cristal. Il croisa des couples élégants – juste arrêtés au moment même dans leur tour de danse –, qui le regardaient étonnés, interrogateurs. Des messieurs en habit noir, des dames aux éventails de soie… Puis une salle étrange, avec de nombreuses tables recouvertes de drap vert, et des inconnus qui jouaient aux cartes, sans mot dire. Tous le regardaient, surpris de le voir ainsi porté par des hommes invisibles… À présent, ils montent des marches vers une salle à manger aux vieux meubles de bois. Maintenant, c'est le couloir qui commence… Et pourtant, le couloir s'embrume brusquement, de la vapeur bleuâtre monte de quelque part, très proche, une gigantesque langue de feu. Egor ferma les yeux. Ainsi donc, c'est *vrai*, se souvint-il.

« L'autre maison aussi a pris feu ! » entendit-il.

Egor essaya de détourner son regard, de chercher l'homme qui avait parlé si près de lui. Il ne rencontra qu'une aile de feu, sans commencement ni fin. Il ferma les yeux.

« Elle s'est éteinte de malemort, la noble famille de boyards !… »

C'était la même voix inconnue, comme venue de par-delà les portes du sommeil.

Du même auteur :

ŒUVRES DE FICTION

Forêt interdite, Gallimard, 1955.
La Nuit bengali, Gallimard, 1979.
Le Temps d'un centenaire, Gallimard, 1981.
Uniformes de général, Gallimard, 1981.
Les Dix-Neuf Roses, Gallimard, 1982.
Le Vieil Homme et l'Officier, Gallimard, 1982.
Les Trois Grâces, Gallimard, 1984.
À l'ombre d'une fleur de lys, Gallimard, 1985.
Nous au paradis, Gallimard, 1986.
Le Roman de l'adolescent myope, Actes Sud, 1991.
Gaudeamus, Actes Sud, 1992.
Isabel et les eaux du diable, Fayard, 1999.
Incognito à Buchenwald..., Gallimard, 2009.
Minuit à Serampore, Mercure de France, 2012.

PAPIER À BASE DE FIBRES CERTIFIÉES

Le Livre de Poche s'engage pour l'environnement en réduisant l'empreinte carbone de ses livres. Celle de cet exemplaire est de :
250 g éq. CO_2
Rendez-vous sur www.livredepoche-durable.fr

Composition réalisée par PCA

Imprimé en France par CPI
en janvier 2018
N° d'impression : 3026372
Dépôt légal 1re publication : février 2018
LIBRAIRIE GÉNÉRALE FRANÇAISE
21, rue du Montparnasse - 75298 Paris Cedex 06

26/9549/4